Alix Borrelly

W0309428

GENA LOREN

# IL DISAIT QU'IL M'AIMAIT

ROMAN

*Ce roman est un ouvrage relevant de l'imagination de l'auteur.*

*Les personnages et les situations de ce récit étant purement fictifs, toute ressemblance avec des personnes ou des situations existantes ou ayant existé, ne saurait être que fortuite.*

# 1.

Puisqu'il fallait tout recommencer ...

C'est avec Edna que j'avais choisi d'entamer ce recommencement. Edna était un drôle de personnage ultra féminin. Excessivement séduisante, des boucles dorées qui encadraient son visage, des lunettes lui conférant un air sévère, des ongles toujours impeccablement peints en rouge et limés à la perfection, tailleur jupe et talons... Et un petit caractère bien trempé ! Un bien joli brin de femme dans une profession somme toute envahie par les hommes, et qui était depuis de nombreuses années, reconnue pour être brillante dans son métier.

Elle exerçait comme psychologue depuis une vingtaine d'années et lorsqu'une amie lui avait parlé de mon histoire, c'est elle qui avait cherché, la première, à entrer en contact avec moi. Ce qui m'était arrivé la fascinait depuis des lustres. Elle avait fait pas mal de recherches sur les délabrés psychiques comme celui qui avait fait partie de ma vie durant six ans. Les six années les plus compliquées et effroyablement longues de toute mon existence. Edna voulait écrire un livre au sujet des pervers narcissiques, des manipulateurs, et elle comptait bien se servir de mon vécu. Elle avait d'ores et déjà effectué beaucoup de recherches à ce sujet et souhaitait un ou deux témoignages pour étayer certaines thèses. Je savais que mon histoire serait alors publiée au grand jour. Je savais que mon nom, que mon vécu, que tout ce qui apparaîtrait dans ce livre serait à jamais lié à moi. Je savais que certaines personnes que je côtoyais auparavant tomberaient sur ce livre. Ce qui en soi ne me dérangerait pas le moins du monde tant je voulais que la terre entière sache à quel point cette espèce de cinglés en voie d'expansion était dangereuse.

Je n'en ai pas toujours parlé librement. Ce qui fut pendant longtemps un sujet délicat et sensible, était désormais un sujet de conversation comme un autre, un peu comme on discuterait des nouvelles recettes de cuisine à la mode, des dernières sorties littéraires, ou d'une promenade sympa à faire avec son mari et ses enfants. J'ai eu très peu de personnes pour m'entourer et m'aider à en parler. Quasiment personne d'ailleurs. Car ce genre de situation vous isole. L'ennui c'est que certaines personnes vous tendent la main, mais convaincu que vous ne craignez rien et que vous pouvez gérer seul, vous les repoussez la plupart du temps avec véhémence, et ces mêmes personnes, lassées de vous avertir en vain du danger, vous tournent le dos, sans même que vous ne vous en rendiez compte. Alors j'avais bien une collègue de travail, June. Une gentille personne de laquelle je me suis rapidement rapprochée car nous nous entendions à merveille, nous riions des mêmes choses et avions beaucoup de points communs. Ou Raph, un très beau serveur avec qui nous avions sympathisé lors de nos escapades " café " avec June. Mais il m'a fallu compter sur mon seul courage et ma seule volonté d'acier pour sortir du bourbier dans lequel je me trouvais.

Le plus étrange c'est que je me suis rendu compte toute seule de la tournure dramatique que prenait la situation. J'avais cette fichue manie de tenir un journal depuis l'âge de vingt-et-un an. C'est donc tout naturellement que je continuais à le faire à trente-deux ans. En écrivant au fil des jours et en cogitant sur ce qui se passait, cette relation qui au départ me paraissait tout à fait normale, se révélait peu à peu complètement hallucinante. Mon journal aura été salvateur. C'est en me relisant que j'ai pris pleinement conscience de l'urgence. Comme si un autre moi, en lisant ces pages gribouillées à la va-vite et tâchées de larmes, parvenait à voir la situation d'un œil extérieur, comme si en relisant je parvenais à prendre de la hauteur, comme si je lisais le journal d'une bonne copine et que je prenais peine pour le calvaire qu'elle endurait. Trente-deux ans... Cela faisait tout juste un an que Ted et moi sortions ensemble. Edna a toujours affirmé qu'il a pris tout son temps avant de refermer son piège. Si j'avais su alors que le patron du cabinet comptable dans lequel je travaillais était en fin de compte le fils du diable, je me serai abstenue d'accepter ce jour-là de rester un peu plus tard au bureau afin de traiter ce dossier urgent qui lui tenait tant à cœur...

# 2.

*Lundi 29 Septembre*

*Rendez-vous avec Edna ce jour. J'ai hâte d'y être. Je me sens partagée. Excitée et émue en même temps. Beaucoup de souvenirs vont remonter. Je vais avoir beaucoup de choses à raconter. Cela risque de faire bizarre de narrer à une personne inconnue tous ces souvenirs qui traînent dans ma mémoire comme des vieux fantômes. J'en ai si peu parlé. Je n'en ai pour ainsi dire presque jamais parlé à qui que ce soit. Trop honte. Trop de culpabilité. Trop convaincue que personne jamais ne pourrait comprendre. Et pourtant aujourd'hui j'ai ce besoin de partager ce morceau de vécu délicat, comme pour apaiser un peu la douleur et panser les plaies qui seront malgré tout à jamais présentes sur mon cœur écorché. Je suis prête. J'ai préparé tous les journaux intimes de la période concernée à la demande d'Edna. Il y en a une trentaine. Si ce n'est un peu plus. Elle a du travail.*

*J'ai appelé June pour la rejoindre après ma séance mais elle travaille. Raph bosse, je passerai sans doute lui donner un bonjour. Je reprendrai ma plume en revenant à la maison si le cœur m'en dit et si j'en ai la force. June m'a dit que les séances de travail avec Edna peuvent être éprouvantes. Je ne sais pas à quoi m'attendre vu qu'il s'agit de ma première.*

J'arrivai ce jour-là au cabinet de psychologie Doug et Associés avec dix minutes d'avance. J'aimais avoir de l'avance à tous mes rendez-vous, c'était quelque chose de très important à mon sens, c'était une forme de bonne éducation et de savoir vivre. Jamais plus de dix minutes d'avance mais surtout pas de retard. Le retard provoquait en moi une montée de stress qui me mettait dans des états tels que je ne me reconnaissais pas moi-même.

Le cabinet se trouvait entre deux immeubles dans une rue très fréquentée de Nice, Avenue de Verdun, non loin de la Promenade des Anglais. Sur une façade impeccable, une plaque accrochée au mur indiquait "Edna Simmons, Psychologue", ainsi que son numéro de téléphone. Trois autres plaques dorées triomphaient sur le même mur. Je fis face à la porte quelques instants, prise par une étrange envie de faire demi-tour. Pas évident de sauter le pas et de donner autant de détails intimes, de se mettre à nu, de tout dévoiler, à une inconnue de surcroît. Je me repris rapidement, je me fis violence et pivota sur ma

gauche, avança la main et activa la sonnette. Quelques secondes plus tard, une voix annonça : "Edna Simmons, vous aviez rendez-vous ?". Question à laquelle je répondis par l'affirmative. La voix m'indiqua "Quatrième étage !" puis raccrocha avec force, à la suite de quoi la porte émit un son me signalant qu'elle venait de s'ouvrir.

Je portai dans un petit sac de voyage tous les carnets qu'Edna avait demandé à étudier. Du moins la totalité de la période concernée. Une trentaine. Six ans de ma vie attendaient patiemment dans ce bagage. Après avoir fermé la porte, je m'interrompis un moment. Je posai mon sac de voyage au sol puis sorti mon téléphone portable de mon sac à main. Je regardai l'heure, vérifiai les messages et appels en absences brièvement, puis mis le téléphone en silencieux. Je repris mes bagages et entamai une marche hésitante vers un ascenseur flambant neuf. Le bruit de mes talons tout droit sortis de la boutique avertissait tout le bâtiment de mon entrée alors que tout ce que je voulais, c'était m'enfiler dans un trou de souris. J'étais parfaitement partagée entre la peur d'y aller et l'envie de foncer. Une fois dans l'ascenseur je pressai la touche "4" et respirai à fond. Je savais que tout irait bien. J'avais sans doute au fond de moi-même simplement hâte que toute la vérité éclate au grand jour, que tout se sache, que tout s'arrête. Bien que tout ceci était déjà derrière moi et que j'en avais fait un simple souvenir, si douloureux soit-il, j'étais contente de savoir que peut-être bientôt tout le monde saurait. Je me fichais de savoir que sans doute d'anciens amis seraient au courant de toute l'histoire, je me fichais de passer pour une pauvre fille faible et incapable de se défendre, pour une pauvre fille seule et sans amis.... Bientôt, grâce au livre d'Edna, tout le monde saurait... Et c'est bien tout ce qui comptait.

Lorsque j'arrivai au quatrième étage, impossible pour moi de me tromper. La porte du cabinet se trouvait en face de l'ascenseur. Je n'avais que cinq ou six pas à faire pour y être enfin, guère plus. Une nouvelle sonnette se présenta, à droite de la porte d'entrée, attendant patiemment que je daigne faire usage d'elle. Mon cœur battait plus fort à présent... Pourquoi diable fallait-il qu'il batte plus fort à ce moment-là ? Cherchait-il à me flanquer la frousse ? Certainement pas, j'étais trop déterminée ! Je décidai alors de lutter avec force contre moi-même pour trouver le courage d'aller au bout. J'appuyai sur le petit bouton de la sonnette puis entrai, ainsi qu'il était indiqué de le faire, par un petit écriteau. Il n'y avait pas de secrétaire.

À l'entrée, une affichette indiquait au public de s'installer dans la salle d'attente et que le médecin viendrait chercher son patient. La salle en question était très lumineuse et accueillante, presque rassurante et réconfortante. S'y trouvaient, parfaitement alignées contre les murs gris clair, quelques chaises blanches confortables dans un style moderne, puis une petite table et quelques magazines sur la psychologie et l'actualité médicale. Je pris la liberté de m'asseoir et saisis une revue au hasard en regardant tout autour de moi. De très belles peintures ornaient les murs. Un Dali d'un côté, un Kandinsky de l'autre. Deux artistes différents mais qui, étrangement, cohabitaient plutôt bien. L'un de style surréaliste et l'autre de style abstrait. Il fallait oser mélanger les deux. Et il y en avait plusieurs. Quels goûts. Quel chic.

Je revins à ma revue, croisai mes jambes en prenant soin de ne pas filer mes collants, ce qui était une de mes spécialités. Le titre de la revue indiquait « Spécial couple en crise : où en êtes-vous ? », tandis qu'un autre article était fièrement nommé « Avez-vous vraiment confiance en vous ? ». Ironie du sort ou simple petit clin d'œil de la vie ? Je n'en avais que faire, à l'heure qu'il était, je savais très bien où me situer dans ce domaine et m'en félicitais largement. Je reposai la revue en souriant, non sans une pointe de fierté. Pas envie de lire ce genre d'ânerie. Je ne me sentais plus du tout concernée. J'étais désormais loin du sujet "couple", j'étais depuis quelques mois déjà sur le sujet "reconstruction" et "chouchoutage intensif de soi-même".

Des bruits de pas sur la moquette me firent deviner l'arrivée de quelqu'un. Edna fit son entrée dans la salle d'attente avec un " Vous devez être Lisa ? " d’une voix chaude et un peu grave, ce qui me fit lever la tête en sa direction. Tout en s'avançant avec un déhanché à tomber et une allure tout simplement parfaite, elle ajouta en me tendant sa main et avec un sourire sincère : " Je suis ravie de vous voir enfin, bonjour ". Cette première impression avait été tellement juste, sans aucune fausse note. Edna était une femme rassurante, très droite dans ses escarpins. En quelques secondes, un sourire et une poignée de main, elle était parvenue à me mettre dans une confiance absolue. Grande, élancée et sûre d'elle, Edna possédait ce je-ne-sais-quoi qui m'avait confortée dans l'idée que j'avais eu raison d'accepter son invitation. Elle me fit un sourire presque maternel et me convia à entrer dans son bureau en m'indiquant le chemin de ses mains parfaites.

Son bureau était très sobre. Plutôt simple mais

fort chaleureux. Il me parut évident qu'elle aimait les bois anciens, puisque son mobilier en était composé dans sa quasi-totalité. Ce qui faisait un amusant contraste avec sa salle d'attente de style moderne. J'eus soudainement l'impression de ne pas être dans le même immeuble. Elle ferma la porte derrière moi puis me proposa de m'asseoir. Je pris place sur une chaise face à son bureau mais elle me montra un petit canapé un peu plus loin. Je m'exécutai et m'installai.

Elle me rejoignit et s'assit en face de moi sur un très élégant fauteuil bergère. Je m'empressai de lui montrer mon sac dans lequel dormaient mes carnets, mais elle m'interrompit en plaçant sa main au-devant d'elle-même et me dit sur un ton plein de chaleur :

- Ne vous précipitez pas ainsi, posez le sac sur le côté. Installez-vous confortablement. Nous en aurons aujourd'hui pour environ deux heures. Mettez-vous à l'aise et dites-moi... Comment allez-vous Lisa ?

J'allais bien, je me sentais sereine depuis quelques temps, mais cela faisait si longtemps que personne ne m'avait posé la question que je restai surprise de sa demande. Alors je répondis le plus simplement du monde avec un sourire apaisé :

- Je vais bien, je vous remercie. Oui, je me sens bien. Et je suis contente d'être ici.

- Bien. Je vous remercie d'avoir accepté ma requête. J'étudierai vos carnets chez moi, à tête reposée, si cela ne vous ennuie pas. Je complèterai ainsi mon étude et mes recherches. Nous ne les lirons pas nécessairement ensemble, ils sont un simple support pour moi. Précieux, certes, mais un support supplémentaire seulement. Le principal pour moi est de pouvoir vous poser quelques questions et d'avoir vos réponses. J'aimerais commencer par une question simple. En quelques mots brefs, expliquez-moi ce qui s'est passé.

Je me calai plus confortablement dans le sofa. J'avais les jambes décroisées et les mains jointes. On aurait pu me confondre avec une candidate au concours pour intégrer l'Institut d'études politiques tant je semblai coincée et nerveuse. Je pris une profonde inspiration et entamai une réponse à sa question.

- Eh bien, je pense que June vous en a déjà plus ou moins parlé puisque c'est elle qui vous a envoyé vers moi. Pour tout vous dire, j'ai eu le malheur à un moment de ma vie de tomber amoureuse d'un homme qui n'avait pas besoin d'une femme mais d'un jouet. D'un homme qui m'a fait croire à l'amour exclusif et passionné, mais je crains en vérité que ce genre de personnage ne soit incapable d'aimer. Si, lui-même sans aucun doute. Mais personne d'autre c'est certain. C'était mon patron. Je travaillais dans son cabinet comptable. Ma collègue de travail et amie June aussi. Je remercie le ciel d'avoir placé cette femme sur mon chemin, cela m'a permis de discuter un peu lorsque j'en avais besoin. Je me souviendrai toute ma vie de la façon dont tout cela est arrivé.

Edna me proposa une cigarette que j'acceptai bien volontiers. Elle venait de déceler un certain taux de stress en moi. Pas du stress au sens de tension ou de nervosité, au sens propre du terme. Plutôt de l'agacement à repenser à celui que j'ai le plus haï dans toute ma vie. Une sorte de rage qui dormait au plus profond de mon être.

- Allez-y dans l'ordre qui vous convient le mieux, ajouta-t-elle. Ne vous tracassez pas, je me charge de tout démêler. Tout ce que vous avez à faire, c'est parler. Je m'occupe du reste.

Elle avait à proximité de son canapé un petit guéridon sur lequel était posé un carnet, et juste à côté, un joli stylo. Elle saisit le carnet, l'ouvrit, puis attendit le début de mon histoire. Rassurée que nous dresserions tout mon récit ensemble, je me sentis plus forte pour parler avec elle de ces terribles années noires. Je décidai alors de tout reprendre depuis le début, c'est à dire depuis ma rencontre avec Ted.

# 3.

7 ans plus tôt...

"Encore une petite heure et tu pourras rentrer chez toi" me dis-je à moi-même alors que je terminai de plancher sur un dossier assez complexe qui avait jusqu'à présent demandé toute mon énergie. Un dossier fastidieux qui m'avait accaparée toute la semaine et duquel j'étais ravie de pouvoir enfin me débarrasser. J'avais prévu d'aller boire un verre à dix-neuf heures avec June dans notre bar fétiche à quelques pas de notre lieu de travail. Nous y retrouverions Raph, notre ami et serveur préféré, nous y avions nos petites habitudes tous les trois. Nous adorions démarrer ainsi le week-end. Cela nous permettait de décompresser complètement. D'autant qu'aucun de nous trois n'avait eu de vacances depuis des lustres et ces petits moments de déconnexion étaient vraiment importants. Cela évitait de craquer nerveusement et cela nous faisait beaucoup de bien. Pas question de s'en priver.

À travers les vitres de mon bureau je pouvais

apercevoir la nuit tomber. Cette période durant laquelle la nature raccourcit les jours avait le don de me fatiguer et de me démotiver complètement. Moi qui étais de nature énergique et combattive, je me trouvais toujours moins vive en fin d'année. J'avais toujours, sur le dernier trimestre de l'année, un amour tout particulier pour le cocooning, la paresse et la détente totale.

J'adorais mon bureau. Il me ressemblait. Je l'avais décoré à l'aide d'objets personnels qui faisaient que je me sentais bien sur mon lieu de travail. Au mur trônait fièrement une pendule offerte par ma sœur lorsque, plus jeune, j'avais eu mon premier appartement. Dans un pot à crayons très sobre dormaient une vingtaine de superbes stylos colorés de toutes sortes : des bleus, des roses, des violets, des "avec plumes", des "avec petits personnages", des "avec petites breloques qui pendouillent". Tous provenaient de la femme de mon père, ma belle-mère, donc. Une femme adorable et pleine de fantaisie qui se plaisait à rapporter de ses différents voyages des stylos tous plus excentriques les uns que les autres. Certains rapportent dans leur valise des poteries, des vêtements locaux, des peintures, et d'autres sujets. Ma belle-mère aimait rapporter des stylos. Et comme elle avait visité un grand nombre de pays, et que de chaque périple elle m'en apportait un, ma collection s'en ressentait. Je possédais aussi un bonzaï d'intérieur. Une jolie plante miniature qui décorait mon meuble à archives. Il me venait d'un ex-amoureux qui avait décidé un jour de juillet de me quitter avec une lettre pitoyable et ce bonzaï. Dans cette lettre, il m'expliquait avec une simplicité ridicule et déconcertante que cet arbre comblerait le manque que lui me laisserait en partant. Sur le coup je n'ai jamais su si je devais en rire ou en pleurer. Je n'ai jamais cherché à le contredire bien sûr, quoiqu'à la réflexion j'aurai dû lui envoyer sans doute un courrier de remerciement. Me quitter était un service qu'il me rendait. Encore un qui cherchait une mère à la place d'une femme, mais j'avais envie de tout, sauf d'être mère. Et puis au fond il était d'un ennui mortel, pantouflard et grincheux, au point qu’il m’arrivait parfois d’avoir cette affreuse impression de vivre avec mon arrière-grand-père. De fait, je n'avais plus de petit ami ennuyeux mais un très joli bonzaï qui avait au moins le mérite de ne pas raconter de sottises à tout bout de champs et d’égayer la pièce par la jolie couleur de ses petites feuilles.

J'avais dans ce bureau plusieurs bribes de ma vie. Et comme je me plaisais à le clamer, je ne ressentais pas de regrets, tout mon vécu faisait de moi celle que j’étais. Je n'avais par conséquent aucun mal à conserver des dizaines et des dizaines de souvenirs.

La porte de mon bureau s'ouvrit. June, une collègue de travail avec laquelle je m'entendais bien, fit son apparition, avec son habituel sourire.

- J'ai frappé, je pense que tu n'as pas entendu.

- Désolée, dis-je relevant la tête. En effet non je n'ai rien entendu. J'étais dans la lune, je fatigue un peu, je dois bien l'avouer. Hâte que cette journée se termine, soufflai-je.

- Je t'ai apporté une copie du dernier bilan comptable de la société S.E.P. Tu me l'avais demandé en début de semaine.

- Oh ! Je l'avais complètement oublié celui-là. Merci June c'est très gentil. Tu m'évites de me faire taper sur les doigts par notre cher et bien aimé employeur, plaisantai-je en faisant semblant de me faire vomir, deux doigts dans la buche.

- De rien c'est normal. Allez, dans une heure nous serons dehors. Courage ! Je vais vite ranger mon bureau avant de partir, il y a des papiers qui traînent partout. Et pour le coup c'est moi qui vais me faire taper sur les doigts...

Elle me fit un clin d'œil accompagné d'un sourire qui laissait entrevoir sa dentition impeccable. La porte se referma doucement. Je me remis au travail avec un peu plus de motivation. June était une femme vraiment chouette avec qui j'aimais partager certaines choses du quotidien. Nous nous étions rencontrées au cabinet dans lequel nous travaillions. C'était une fille adorable qui n'avait pas connu que des jours de gloire, mariée et divorcée car trompée, pas de famille dans les parages, elle avait aussi beaucoup peiné à se stabiliser professionnellement jusqu'à ce qu'elle soit embauchée au sein du cabinet comptable. Pourtant très professionnelle et pleine de diplômes, elle avait souvent servi d'ultime roue du carrosse et avait quitté un grand nombre d'emplois, fatiguée d'être la chargée du café et des photocopies, à la place du prestigieux poste pour lequel elle avait candidaté. Malgré tout, elle avait conservé un mental d'acier et une bonne humeur à toute épreuve. Elle me transmettait beaucoup de bonnes ondes et de pêche lorsque je me trouvais en manque d'énergie. J'avais appris à faire sa connaissance peu à peu et si nous n'étions pas encore de très grandes amies de longue date, elle représentait pour moi une très bonne fréquentation et une excellente compagnie.

# 4.

La porte s'ouvrit de nouveau après le départ de June, presque aussitôt et de façon bien moins délicate, sans frapper bien entendu. Je venais tout juste de reprendre mon stylo et de remettre mon cerveau en marche, lorsque je fus interrompue, encore. Mon patron cette fois ci. Teddy Barnier. Un superbe quadragénaire tout frais tout neuf qui avait, il fallait bien le reconnaître, un charme fou. Un charme glaçant. Impressionnant.

C'était un genre de stéréotype du patron sexy et arrogant. Les cheveux très bien taillés et plaqués sur le côté au gel avec une perfection époustouflante, un rasage tout simplement impeccable tous les jours de l'année, un parfum fort et entêtant, un costume chaque jour différent et reluisant, des chaussures rutilantes, étincelantes, (je m'étais d'ailleurs toujours amusé à penser qu'il devait dépenser une fortune en cirage), un sourire ravageur, mais surtout un caractère très fort et difficile à suivre. June et moi plaisantions beaucoup en nous disant que pour le supporter, sa femme devait être aussi lunatique que lui, ou bien alcoolique, ou infidèle. Jusqu'à ce que nous apprenions que Ted Barnier était un cœur à prendre. Personne n'était capable de nous en dire plus sur ce célibat tardif. Ce jour-là, nous nous étions regardés au même moment puis avions lancé à l'unisson "Je te le laisse", ce qui nous fit rire en cœur pendant une bonne demi-heure.

Je levai la tête, souris à mon patron et lui demandai, alors qu'il était en train d'ouvrir la bouche pour me parler : "Monsieur Barnier, que puis-je pour vous ?".

- Mademoiselle Koltès, j'aimerais vous voir un moment.

- Bien entendu, répondis-je en me levant, ayant cru à une convocation dans son bureau.

- Non, non ! Restez assise, dit-il sèchement.

Ce que je fis. Et il fit de même en prenant place sur le fauteuil prévu pour les visiteurs, juste en face de moi. En tailleur comme à mon habitude, je profitai de repasser de la position debout à assise pour tirer ma jupe vers le bas, défroisser mon chemisier de la même façon et croiser mes jambes sous mon bureau. J'avais toujours entendu dire que mon patron portait sur ses épaules une réputation de vicieux misogyne et je ne voulais attiser aucune remarque de sa part. Je m'efforçais toujours d'adopter en sa présence une attitude professionnelle irréprochable, même si en une année de collaboration il n'avait jamais tenu de propos désobligeant à mon égard. Mais, dans le doute, je privilégiais la prudence.

- Mademoiselle Koltès, commença-t-il. Tout d'abord je tiens à vous remercier pour le travail et l'implication dont vous faites preuve au sein du cabinet. Je ne prends pas suffisamment le temps pour faire le point avec chacun d'entre vous, mais il faut bien reconnaître que c'est souvent le temps qui me manque.

- Merci, mais en ce qui concerne mon travail et l'investissement que j'y porte, c'est tout à fait normal monsieur, assurai-je.

- Vous faites un travail remarquable ici et vous êtes un élément fort dans notre entreprise. Nous ne saurions nous passer de vos compétences. C'est pour cela que je souhaite vous proposer quelque chose. (Il se remit en place sur le fauteuil et se racla la gorge). Seriez-vous intéressée par un poste un peu plus important ?

- Monsieur Barnier, je...

- Vous savez, me coupa-t-il, vous correspondez à l'image que mon associé et moi-même avons d'un bon collaborateur. Vous possédez des compétences fortement appréciables dans notre métier, vous comprenez vite ce qu'il vous est demandé de faire, vous êtes efficace, discrète, vous n'avez pas peur des responsabilités, vous savez taper du poing sur la table auprès de certains clients lorsque cela est nécessaire, vous savez négocier lorsque la situation l’exige, vraiment vous avez de grandes qualités !

J'étais sciée de recevoir autant de compliments d'un seul coup de la part de Teddy Barnier, moi qui pensais être un véritable fantôme à ses yeux. Je ne pouvais m'empêcher de le regarder la bouche ouverte comme une sombre andouille tant j'étais stupéfaite du portrait qu'il dressait de mon personnage professionnel. Cependant, je n'allais pas l'arrêter en si bon chemin, c'était trop agréable.

- ... Tout cela pour vous dire que mon associé et moi-même avons grand besoin d'une personne qui chapeaute en quelques sortes tous nos dossiers.

- Sans doute, mais vraiment je...

- Une sorte de secrétaire principale du cabinet, bien que vous soyez trois en poste à ce jour, et j'espère que cela n'affectera en rien votre amitié avec June Delorme, ajouta-t-il avec une pointe de bienveillance, ou de curiosité mal placée. Non, sincèrement vous seriez parfaite dans le rôle de

"Secrétaire Générale" ! Non ? Ça en jette, vous ne trouvez pas ?

- Monsieur Barnier c'est absolument....

- Ah ! Je savais que cela vous enthousiasmerait autant que moi, lança-t-il énergiquement alors que, d'une je n'avais pas pu en placer une, de deux je n'étais pas enthousiaste pour un sou et de trois, j'aurai aimé que l'on me consulte avant de m'affecter à ce type de poste, certes alléchant mais pour lequel chaque erreur émanant de n'importe quel employé du cabinet me retomberait allègrement sur le coin de la figure. Lui, en tout cas, semblait jubiler.

Il avait sur le visage un air fier et victorieux.

- Lisa ! Permettez-moi de vous appeler Lisa ! J'aimerais que vous traitiez une urgence avant de partir. Il y a quelques documents à imprimer et à classer, mais aussi deux ou trois mails à traiter. Voudriez-vous bien boucler tout ça avant de quitter le bureau ce soir ? C'est vendredi, et vous savez à quel point j'aime quand rien ne traîne pendant le week-end. Cela a tendance à me stresser inutilement.

Ça, c'était son petit côté psychopathe... Déjà bien prononcé à l'époque !

- Avec plaisir, je veillerai à tout clôturer ce soir ! répondis-je de mon plus beau sourire hypocrite. Je venais de comprendre que ma soirée tombait à l'eau.

- Vous êtes formidable, dit-il en se levant et s'avançant pour me serrer la main. Puis se dirigeant vers la porte de mon bureau, il ajouta : passez à la première heure lundi matin, vous signerez votre nouveau contrat et un jeu de clé du cabinet vous sera remis. Vous devenez importante Lisa vous savez ?

Puis il partit et la porte claqua violemment.

Je "devenais importante". Une élégante tournure pour me faire comprendre que jusqu'à présent, j'étais totalement transparente ou même inutile. Charmant.

# 5.

Ce lundi vingt-neuf septembre, Edna m'avait vraiment mise en confiance et j'avais comme l'impression que nous étions en relation depuis longtemps. Je parvenais sans mal à lui narrer toute mon histoire et nous n'avions pas vu passer le temps lors de cette première séance de travail. Alors que je développais mon récit, j'aperçus une pendule accrochée au mur qui indiquait que nous avions démarré la séance une heure et quart plus tôt. Or, j'avais la sensation d'être là depuis seulement cinq minutes.

- Il a su vous valoriser dès le départ, dès l'instant où il savait que vous seriez la prochaine, commenta-t-elle. Il aura mis un an environ avant de s'adresser à vous. Ce qui est un laps de temps plutôt lent pour ce type de personnage. On dit que de façon générale tout se joue dans les trois premiers mois d'une relation. Mais il y a toujours des cas particuliers et des exceptions. Chaque cas est tellement différent, unique. Sans doute avait-il une autre proie à ce moment-là et ses plans ayant échoué, il s'est rabattu sur vous. C'est un schéma relativement classique malheureusement.

Elle sortit une cigarette d'une magnifique boîte en métal doré, ornée de gravures dans un style baroque. Je n'avais jamais vu une boîte à cigarettes aussi chic que celle-ci. Elle l'alluma puis expira une bouffée. Je la trouvais tellement classe. Je ne pouvais m'empêcher de scruter chacun de ses gestes dans les moindres détails. Je sortis brusquement de ma rêverie puis ajoutai : "Oh vous savez, Ted a sans nul doute eu plusieurs proies en même temps !"

- Comment ça ?

- De mémoire, poursuivis-je, j'ai toujours eu cette sensation de ne pas être la seule. Je serais incapable de vous dire si ses extras étaient là avant moi mais je suis convaincue que je n'étais pas l'unique. Et je ne pourrais pas non plus vous dire si nous n'étions que deux, trois, ou plus encore.

- Ce point m'intéresse beaucoup pour mon analyse Lisa, voudriez-vous m'en dire un peu plus ?

- Bien entendu. Teddy Barnier était un très grand séducteur. Jamais rassasié. Il fallait toujours qu'il drague, qu'il parte à la conquête de nouveauté. Il avait un besoin déraisonnable de plaire et de séduire. Il n'était heureux que lorsqu'il recevait des pluies d'éloges et de flatteries en tout genre, et ça, que ce soit en amour, dans le travail ou en d'autres circonstances de la vie quotidienne. Il fallait d'une certaine façon que  le monde tourne autour de lui. À tel point qu'il lui arrivait parfois de monter des scénarios complètement hallucinants pour se faire remarquer. Je me souviens d'un jour où j'ai été littéralement humiliée à cause de son besoin de plaire. Jour où il a monté un script tellement honteux et ridicule que mon respect pour lui a disparu dans les airs en une fraction de seconde. Et je ne vous parle pas de mon amour propre : détruit en quelques instants.

Je baissai la tête. Une grimace apparut sur mon visage, ce qui incita Edna à me demander si je me sentais capable de poursuivre. Ce à quoi j'acquiesçai sans la moindre hésitation.

Nous étions au supermarché. Cela faisait à peine deux mois que Ted et moi étions officiellement en couple. Nous nous connaissions depuis bien plus longtemps du fait de travailler ensemble depuis plus d'un an, et nous avions une certaine aisance l'un envers l'autre. Il y avait évidemment encore cette barrière de la séduction mais peu de gêne dans l'ensemble. Je me sentais vraiment libre en sa présence et j'étais moi-même à cent pour cent. Je prêtais toujours une attention méticuleuse à mon apparence car j'aimais lui plaire. Je savais à quel point il était féru de jolies femmes. "Jolies" dans le sens physique, sans le moindre défaut, avec un corps parfait et de corpulence mince, mais "jolies" aussi dans le sens de la tenue en général : élégantes, droites, élancées, sûres d'elles... Ted aimait la perfection. Rien ne lui échappait. Cela pouvait aller de la chaussure mal cirée au vernis à ongles écaillé, il repérait tout. Je n’avais d’ailleurs pas vraiment remarqué à cette période qu’il prenait un plaisir vicieux à valoriser ces femmes, leur apparence, leur corps parfait, leur élégance. Des compliments au demeurant gentils, que je découvrirais à mon grand désarroi bien plus tard comme étant stratégiques : valoriser les autres femmes, établir un comparatif entre elles et moi, et apporter doucement la conclusion que quoique je fasse, je ne serais jamais aussi bien qu’elles. Des surprises de taille auxquelles j’étais très loin de m’attendre.

Ce qui ne m'empêchait pas de me lâcher lors de nos rendez-vous et de me montrer drôle et imparfaite. Je faisais l'andouille, je le laissais me taquiner, une belle relation de couple naissait selon moi, complice et pleine de confiance. Selon moi. Mais apparemment pas selon lui.

Nous avions plusieurs relations à la fois. Amant-maîtresse. Mari et femme. Meilleurs amis. Copain-copine. Frère et sœur. À tel point qu'il m'arrivait parfois de ne plus tellement savoir où me situer.

Ce jour-là nous avions décidé de faire quelques courses en vue d'un week-end cocooning romantique sans sortir une seule seconde du luxueux appartement de Ted. Nous adorions nous accorder ce type de planning. Deux jours sans sortir, sans voir la lumière du jour. Deux jours à manger, à se draguer, à faire l'amour, à prendre le petit déjeuner, refaire l'amour, regarder un film en grignotant quelques sucreries. Dormir, faire l'amour à nouveau, se laver, dormir encore. C'était notre façon de vivre notre relation. D'autant que lorsque nous étions sur notre lieu de travail, nous prenions garde à ce que rien ne transparaisse. Nous nous rattrapions volontiers lorsque nous étions en week-end.

Dans le magasin, je terminais de prendre ce dont j'avais besoin. Un pot de confiture aux fraises. J'avais prévu de concocter quelques crêpes et je savais que Ted raffolait des crêpes lorsqu'elles étaient garnies de confiture de fraises. Je mis mon pot dans mon petit panier à roulettes et m'aperçus que j'ignorais où se trouvait Ted. Je regardai partout autour de moi.

Rien, pas de Ted. Je me mis dès lors à sa recherche dans le supermarché. Je parcourus une dizaine de rayons et finis par le retrouver au rayon lingerie, à tournicoter autour d'une charmante demoiselle en plein choix d'un nouveau soutien-gorge. Elle souriait comme une cruche et semblait se laisser charmer par Ted. Je m'approchai d'un pas à la fois hésitant et furieux, en me demandant à quel jeu stupide il avait décidé de jouer, et lui lançai d'un ton blagueur, une fois arrivée à son niveau :

- Je ne savais pas que ton deuxième métier était conseillère en lingerie fine !

- Madame excusez-moi, vous êtes ? me demanda-t-il sur un ton très douteux.

- Arrête de te moquer tu veux ! lui rétorquai-je. Mademoiselle, sans vouloir vous offusquer j'aimerais récupérer mon petit ami, si cela ne vous ennuie pas, nous avons plein de choses à faire !

La demoiselle nous regardait, effarée, avec de grands yeux de merlan frit, se demandant sans doute s'il ne s'agissait pas d'un piège par une caméra cachée. En l'occurrence, je lui réclamais mon petit ami alors que nous ne nous connaissions ni d'Adam ni d'Eve, et qu'elle n'avait sans doute au fond d'elle rien à faire de mon petit ami.

- Mademoiselle je regrette, j'ignore ce qui se

passe, je ne connais pas cette dame, continua Ted dans son jeu, en posant sa main sur l'épaule de la pauvre ahurie.

- Ted mais à quoi joues-tu bon sang ? Tu deviens gênant à la fin !

- Fichez moi la paix ! me jeta-t-il à la figure sur un ton irascible, les yeux ronds et pleins de rage.

Je demeurai abasourdie. J'étais convaincue qu'il plaisantait au départ, mais le plus terrible dans cette histoire c'est qu'il était diablement sérieux. Il était clair qu'il me demandait à ce moment précis de le laisser tranquille. Son regard s'était chargé de noir et il m'avait sincèrement blessé. Il semblait presque être quelqu'un d'autre tout à coup. S'il simulait sa colère, je dus bien reconnaître qu'il était un excellent acteur.

- C'était à peu près drôle au début mais là tu m'agaces Ted, lui lançai-je. Je tentais de garder un semblant de dérision et d'humour pour ne pas perdre la face mais au fond je ne savais plus où me mettre et si l'on m'avait donné la chance d'être une autruche, j'aurais enfoncé ma tête dans le sol sans la moindre hésitation.

Il ne se démonta pas et me lança avec une froideur terrible : " J'ignore qui vous êtes Madame et vous m'importunez sérieusement. De plus, vous mettez Mademoiselle dans l'embarras, fichez le camp d'ici !". Puis d'un air très sérieux, il s'adressa à la jeune femme, qui ne remettrait sans doute jamais un pied dans le magasin, cela ne faisait aucun doute : " Je vous prie de m'excuser, je suis très gêné, j'espère vous revoir...". Cela faisait peut-être partie de sa pièce de théâtre, ou bien me croyait-il totalement dépourvue d'intelligence, mais je notai avec une rage folle le petit morceau de papier qu'il glissait lentement dans la poche de sa veste. Il noya son regard dans le sien. Je me liquéfiai sur place. Mon cœur battait si fort et si vite que je crus être au bord de l'arrêt cardiaque. Je ne pensais pas qu'une blague pouvait aller si loin, du moins si blague il y avait. D'ailleurs je ne savais plus quoi penser. J'avais le cœur transpercé. Même si je ne pensais pas être amoureuse, je m'étais sérieusement attachée. J'avais d'ailleurs rarement été attachée de cette façon. Et à part créer ou attiser ma jalousie, je ne voyais pas le moins du monde à quoi ce petit jeu puéril et humiliant pouvait lui servir. J'avais beau tourner le problème dans tous les sens, je ne voyais pas où il voulait en venir.

Je le vis partir. Il s'éloigna tout simplement, sans même me regarder. Je sentis les larmes me monter aux yeux. Je jetai un regard éberlué à cette femme qui tenait encore dans ses mains sa nouvelle culotte. Avec un simple "Excusez-moi", elle tourna, elle aussi, les talons, littéralement embarrassée. Je me retrouvai larguée comme une vieille chaussette au rayon lingerie du grand supermarché. Comment voir son égo dégringoler en un instant, en quelques secondes ? Je venais d'en faire la triste expérience.

Je m'apprêtai à partir moi aussi, après toute cette agitation, quand Ted fit son apparition. Il arriva derrière moi, me saisit par la taille en rigolant et me chuchota : "Je t'avais dit que j'étais un mec imprévisible". Si je n'avais pas su qu'il s'agissait de Ted, j'aurais à coup sûr cru à un vieux pervers, cinglé, option malade sexuel, probablement évadé d'un hôpital psychiatrique. Je me retournai, le fixai droit dans les yeux. Je dus me contenir terriblement pour ne pas le gifler. J'ignorai si je devais rire ou pleurer. Dans cette situation ubuesque, je fus brusquement partagée entre différents ressentis. " Lisa, c'était pour rire !". Sans rien dire, trop incapable de mettre des mots sur mes pensées, elles-mêmes bien trop en désordre, je décidai de quitter le supermarché, plantant Ted à son tour comme un idiot. Je laissai même mes achats.

Edna me regardait, stupéfaite.

- Eh bien ! on peut dire que c'est un sacré salopard ! Je vous prie de m'excuser, c'est sorti tout seul ! J'avais rarement entendu de pareilles histoires et pourtant mes patients ont des récits tous plus ahurissants les uns que les autres.

- Je vous en prie, souris-je, ravie d'entendre de la bouche d'un tiers que Ted était un fumier.

- Lisa, vous venez de me décrire un Ted en perpétuelle recherche de séduction. Sachez que beaucoup de manipulateurs agissent dans le sens où ils ont besoin de séduire. Diminuer leur compagne mais plaire aux autres à tout prix, même si ce sont de parfaits inconnus. Plaire aux autres est important, même vital, cela nourrit leur ego. Tout le monde a besoin de plaire c'est évident, mais chez les manipulateurs ce besoin est si décuplé que cela peut paraître ridicule. Ils sont très sensibles aux flatteries et ils vous en feront beaucoup aussi au départ, mais cela ne durera qu'un temps, car par la suite, ces flatteries laisseront place aux remarques déplaisantes, aux réflexions piquantes et ils pointeront le moindre de vos défauts pour vous rabaisser et vous culpabiliser. Par ailleurs vous me disiez tout à l'heure être certaine de ne pas être la seule. Pour aller plus loin dans notre analyse, voudriez-vous bien m'en dire un peu plus ? Comment avez-vous senti qu'il y avait quelqu'un d'autre ?

- Eh bien, c'est un ensemble de choses. Je pris mon verre d'eau, bu une gorgée et remis mes lunettes en place sur mon nez du bout de mon index droit. Un ensemble de beaucoup de choses, continuai-je.

# 6.

J'arrivai chez moi ce lundi soir plutôt vide, au point de vue émotionnel. Cette première séance avec Edna avait été une belle expérience, bénéfique mais très éprouvante. J'ouvris la porte de mon appartement, un très joli trois pièces en plein cœur de Nice, avec un soupir totalement incontrôlé. Un soupir mêlant du soulagement, de la fatigue, et du bien-être. La satisfaction d'avoir été au bout de cette première séance avec la psychologue, de voir à quel point cela pouvait être simple et efficace, tant pour elle que pour moi, mélangé au soulagement d'être enfin de retour chez moi et de souffler un peu. Je jetai mes clés de voiture sur le petit meuble d'entrée blanc laqué, puis vint le tour de mes bottines d'être grossièrement expédiées au loin. Mon sac à main subit quasiment le même traitement, quoiqu'avec beaucoup plus de délicatesse, et fut déposé comme il le fallait, sur le côté du petit meuble d'entrée. J'avais un amour tout particulier pour mon sac à main, un modèle très chic de la maison Chanel que j'avais beaucoup hésité à m'offrir tant son prix m'avait coûté de culpabilité. Mais l'hésitation aura été de courte durée, quelques heures tout au plus, le temps de quitter la boutique, partir faire un tour pour réfléchir et revenir deux heures plus tard, pleine d'entrain et ma décision prise. Quoiqu'il en soit, ce sac tant choyé avait droit à un traitement de faveur que clés et chaussures ne connaîtraient probablement jamais.

Je jetai un coup d'œil furtif au salon, visible en grande partie depuis l'entrée, puis me dirigeai vers la cuisine. J'y mis à chauffer ma bouilloire dans l'optique de profiter d'un thé bien chaud, et de me détendre devant un programme télévisuel dénué de toute intelligence. Là, devant l'appareil en marche, je m'endormais presque debout, bercé par le bruit de l'eau qui frémit. Lorsque mon thé vert à la menthe fut dans ma tasse avec son sucre et sa cuillère, je pris la direction du canapé, sur lequel je m'installai bien confortablement, blottie dans un plaid doux et chaud. J'attrapai la télécommande et tentai de trouver un programme convenable à mon sens. Il me fallut plusieurs minutes pour réaliser que rien ne semblait me convenir. Lorsque je me rendis compte que je zappai comme une folle sans rien regarder, j'éteignis l'appareil et laissai la télécommande à côté de moi sur le divan, puis bus mon thé, dans le silence, la sérénité et le confort de mon appartement. Je serrai la tasse brûlante entre mes mains et profitai de la sensation délicieuse, chaude et réconfortante que cela me procurait. Bercée par la température du thé, je finis par m'endormir comme un bébé dans mon canapé.

Je fus réveillée par le générique de début des informations. En bougeant dans mon sommeil, j'avais enclenché le bouton d'allumage du téléviseur. L'heure de diffusion du journal télévisé me signifiait que j'avais dormi presque trois heures. Décidemment cette entrevue avec Edna m'avait littéralement assommée. Après ce délicieux moment de repos, je me sentais parfaitement reposée. Je me levai et marchai jusqu'à mon sac à main pour y prendre mon téléphone portable. Je retournai m'installer confortablement dans mon canapé et me couvris avec le plaid. J'avais reçu deux messages. Le premier de ma sœur pour me demander de mes nouvelles car elle savait que j'entreprenais une nouvelle thérapie, qui n'en était pas vraiment une, mais elle ne se rappelait plus la date de commencement et voulait savoir si cette thérapie avait démarré, et le deuxième message était de la part de ma banque pour m'informer des dernières opérations effectuées sur mon compte bancaire. Rien qui ne nécessite une réponse dans l'urgence.

J'adorais les siestes. J'en profitais de nouveau depuis ma rupture avec Ted. Il détestait que je dorme ainsi en plein milieu de la journée. Selon lui, c'était tout simplement inadmissible car je n'avais aucune raison d'être fatiguée. Malgré qu'il connaissait ma charge harassante de travail puisqu'il était mon employeur, il ne tolérait pas que je puisse prendre un peu de repos de cette façon dans mes journées de repos. Oui, car pendant que je dormais, personne ne s'occupait de lui et ne lui passait ses quatre volontés. Ainsi étaient les hommes comme Teddy Barnier, m'avait expliqué un médecin, si demandeurs que tout soit centré sur leur personne, au point qu'ils ne tolèrent pas un instant que l'on puisse prendre du temps pour soi. Prendre du temps pour se reposer ou s'adonner à une activité de son choix signifiait le délaisser et donc ne pouvait en aucun cas lui convenir.

Dans les débuts de notre relation, il me traitait comme une princesse et c'est lui-même qui me proposait de me reposer. Ainsi m'avait-il séduite, en étant aux petits soins assez souvent. Mais ce n'était qu'une simple méthode de séduction qui cachait bien d'autres choses. La réalité n'avait pas tardé à se montrer au grand jour puisque trois mois plus tard seulement il changeait peu à peu et me faisait comprendre que je me comportais mal. Que mes journées de repos devaient être occupées à des choses plus productives, sinon à des activités ne tournant qu'autour de sa personne. Chaque rare sortie qu'il me proposait pouvait se faire avec ses amis, mais les miens n'étaient jamais les bienvenus, car Ted estimait qu'ils étaient bêtes et qu'ils n'appréciaient pas mon petit ami. Teddy disait que Raph et June étaient des hypocrites qui ne me fréquentaient que par intérêt. Il me répétait sans cesse qu'ils étaient jaloux de moi et de ma façon de vivre, qu'ils étaient pleins d'envie et de rage envers ce que je possédais et que j'avais tout intérêt à m'en éloigner, sans quoi ils auraient un impact néfaste sur mon couple et sur ma vie en général. Amoureuse, j'ai eu, à mon grand désarroi, tendance à le croire. Si bien que June et Raph s'étaient lassés et éloignés peu à peu, vexés de ne passer qu'après Ted systématiquement, et d'être insultés de la sorte par lui-même, sans réplique de ma part.

Ted me reprochait toujours de n'être que peu disponible pour m'occuper de lui. Le médecin que j'avais consulté lorsque je plongeais sans le savoir dans une terrible dépression avait vu clair tout de suite dans ma vie. Il avait compris le jeu de Ted sans même que je ne lui en donne tant de détails. Il connaissait bien ce genre de personnage et m'avait fait rapidement part de sa mise en garde. Il avait un jour prononcé le terme "pervers narcissique" puis "manipulateur" mais j'ignorais totalement de quoi il s'agissait, et à mes yeux Ted n'était pas cela. Peut-être un peu capricieux et caractériel mais pas manipulateur. Je n'avais de fait pas pris les avis du médecin au sérieux. J'étais à ce moment-là encore trop aveuglée par mes sentiments pour prendre au sérieux un quelconque avertissement.

Il m'expliquait que ce type de personne se montrait toujours parfaite au départ. Pas le moindre défaut. Puis qu'au fil du temps elles en demandaient un peu plus, puis encore un peu plus. Qu'au fur et à mesure il était question de faire passer tous ses désirs avant les nôtres jusqu'à ce que nos propres besoins et envies se fassent inexistants. Ces personnes avaient en elles un besoin quasi viscéral que toute l'attention de la terre leur soit attribuée. Elles avaient depuis l'enfance sans doute à la suite d'un traumatisme, un choc émotionnel par exemple, un manque affectif qu'elles tentaient de combler à tout prix. Et leurs relations amoureuses étaient en fin de compte des réserves destinées à combler ces manques, peu importe si cela devait détruire celui ou celle dont elles se servaient de réserve affective. Elles aspiraient tout simplement l'énergie, tout le positif et la personnalité du ou de la partenaire de façon à se nourrir, tel un vampire, le but étant de le rendre inexistant. J'avais presque éclaté de rire lorsque le docteur avait comparé mon Ted à un vampire. Que nous puissions traverser une période de crise conjugale et que je le vive mal, soit, mais de là, à insinuer que mon Ted risquait de me tuer psychologiquement, j'avais trouvé l'idée totalement saugrenue. Je changeais donc de médecin.

Durant mon histoire avec Ted, j'avais un rythme de vie tel que ma fatigue était constante mais je n'avais pas le droit aux siestes ou aux temps de pause. Un jour, si fatiguée, je mis Ted au pied du mur et lui avais annoncé que je partais chez ma sœur pour le week-end à deux cents kilomètres de là afin de prendre un temps de repos. Cette escapade m'avait valu une colère énorme, une panoplie de noms d'oiseaux tous plus mélodieux les uns que les autres et Ted avait refusé de m'adresser la parole pendant six jours alors que nous vivions ensemble. C'est seulement lorsqu'il fut pris d'une envie masculine incontrôlable qu'il décida de revenir vers moi en m'expliquant qu'il était désolé et que bien entendu j'étais la femme de sa vie, la plus belle et la plus intelligente, et naturellement celle sans qui il ne saurait vivre. Et tout redevenait parfait. Comme avant. La perfection durait trois jours. Et comme à chaque fois, j'étais suffisamment stupide pour le croire. Amoureuse ou stupide. Amoureuse peut-être. Du moins je le pensais.

Ces crises venant de Ted étaient bien loin d'être rares. Elles étaient même plutôt régulières dès lors que nous vivions sous le même toit. Dans le début de notre histoire, jamais il n'avait eu ce type de comportement, du moins en ma présence. Il était un homme et chef d'entreprise tout ce qu'il y avait de plus courant, que ce soit dans l'apparence ou dans le caractère. Seulement, une fois en coulisse, le personnage n'était plus le même. Mais il allait se passer du temps avant que je n'ouvre les yeux. Beaucoup trop de temps. Du temps et de bien tristes évènements.

Je fus surprise par la sonnerie de mon portable alors que je retombai dans un demi-sommeil. Edna. Je décrochai.

- Bonjour Lisa ! Edna Simmons à l'appareil ! J'espère que je ne vous dérange pas.

- Bonjour Edna, non aucun souci, merci ! Que puis-je pour vous ?

- Bien. Je sais que nous nous sommes vues ce matin mais j'ai besoin de vous parler. En rapport avec notre dossier bien entendu. Cela vous est possible de passer au cabinet demain matin ?

- Oui absolument ! Vers dix heures ?

- C'est parfait, je serai sur la fin d'un rendez-vous.

Attendez-moi dans la salle d'attente. Je vous remercie Lisa. On se voit demain !

- Bonne fin de journée Edna, à demain !

Le coup de fil d'Edna m'avait totalement sortie de ma torpeur. Je me demandai à présent ce qu'elle avait de si important et de si urgent à me transmettre, alors que notre prochain rendez-vous n'était prévu initialement que dans une semaine. Je sortis mon journal intime du tiroir de la table basse et en profitai pour y inscrire ce détail.

# 7.

J'avais besoin de détente. De voir une tête amicale. Je décidai d'envoyer un texto à Raph pour savoir s'il travaillait. Il me répondit par la positive presque aussitôt. Je me fis violence et sortis du sofa. Je me rendis dans ma chambre pour m'apprêter. Même si je sortais seule ce soir, j'avais décidé de me faire plaisir et de porter une jolie tenue colorée. Je choisis donc dans mon dressing un élégant pantalon à pince noir, un chemisier en popeline jaune vif, des bracelets épais en résine colorée jaune et noir, de jolies boucles d'oreilles à perles noires, et comble de ce que je n'aurais jamais osé porter quelques temps auparavant, et plus encore lors de mon histoire avec Ted tant il me l'aurait interdit, de ravissants escarpins pointus jaunes assortis à mon chemisier. Je me coiffais élégamment et me maquillais peu, juste une touche de poudre, de mascara et un gloss transparent afin d'avoir bonne mine, j'enfilais mon trench noir et ainsi je me mis en route pour *Le Cocktail*, le bar où travaillait Raph.

- Ma chica ! me lança-t-il avec son délicieux accent latin et son sourire ravageur. Comme ça me fait plaisir de te voir ! Ça fait une paye !

- Raph ! répondis-je en m’avançant avec joie face à lui. Il vint m'accueillir à bras ouverts à l'entrée du bar. Ça me fait du bien de te revoir ! J'ai l'impression que ça fait une éternité alors que non !

- C'est ta faute Lisa, dit Raph pour me taquiner, tu as décidé de te cloîtrer comme une ermite ces derniers temps !

- Non, en fait j'ai commencé cette fameuse thérapie dont je t'avais parlé et j'ai senti le besoin de m'isoler un peu avant de la démarrer, souris-je timidement. Sans doute pour chercher en moi-même l’énergie que cela allait me demander.

- Allez viens, me dit Raph en me prenant par la taille, je vais te préparer un cocktail exceptionnel et délicieux dont j’ai le secret et tu vas me raconter tout ça !

Raph était le diminutif de Raffaello. Raph venait de Barcelone et avait atterri ici pour vivre de nouvelles aventures, lassé de n'avoir que des petits boulots et une vie de vagabond dans sa ville natale. Il était l'aîné d'une fratrie de six bambins et fatigué de devoir s'occuper de tout le monde sauf de lui, il avait quitté le nid lorsque le petit dernier avait eu ses dix-huit ans et qu'alors plus personne n'avait impérativement besoin de son aide. Il était bosseur et toujours là quand on lui demandait quoi que ce soit. C'était un bel homme de trente-quatre ans qui n'avait jamais réussi à trouver une relation amoureuse stable. Sans doute un peu trop coureur de jupons. Il avouait lui-même sans honte son amour pour les femmes et de préférence pour plusieurs conquêtes à la fois. Mais de temps à autre il lui arrivait de revenir à la raison et de songer à trouver une femme, la bonne, et de fonder un foyer.

Je pris place sur un tabouret, et Raph me servit quelques minutes plus tard un verre dont le mélange de plusieurs liquides colorés me donnait l'impression d'être sur le point de déguster un arc-en-ciel. Le bord du verre était décoré de sucre coloré en rouge et je pris un plaisir non dissimulé à chiper le sucre du bout du doigt et de le sucer, comme le font les enfants. Je regardai tout autour de moi en me délectant du goût sucré qu'avait mon index à ce moment-là.

- Pas grand monde ce soir, lançai-je à Raph.

- Non ma belle. Il y a un concert de l'autre côté de la ville, du coup la moitié de la population doit être là-bas. Mais bon, parle-moi de toi, me dit Raph en s'asseyant à côté de moi. Comment tu vas en ce moment ?

- Plutôt bien je dois dire et c’est vraiment bon

d'aller bien, souris-je. Ma nouvelle thérapie se passe au mieux pour le moment. Mais il s'agit surtout de partager mon vécu avec une psy qui veut écrire un livre sur mon expérience. Moi, je me sens guérie au fond.

- C'est vrai, tu as l'air au top, tu es radieuse.

Raph avait un sourire à faire tomber toutes les femmes. Ma frangine m'avait souvent demandé pourquoi je ne sortais pas avec. Je lui répondais à chaque fois la même chose, qu'il était très gentil et bien dans ses baskets mais qu'un homme à femmes ne m'intéressait pas le moins du monde et qu'à ce sujet, j'avais donné, beaucoup trop. Au point que je n’avais plus rien à donner pour ce genre de mecs. En tout cas, Raffaello avait ce quelque chose de rassurant, presque paternel et j'adorais discuter avec lui, il était de très bon conseil et très mature, malgré son existence tumultueuse.

- Tu as des nouvelles de June en ce moment ? demandai-je.

- Pas tellement je dois dire, soupira Raph. Tu sais qu'elle ne vient plus tellement ici depuis qu'elle a déménagé. Et elle doit me téléphoner une fois par mois. Juste pour me dire qu'elle va bien et qu'elle n'a pas l'intention de revenir. Génial. C'est dingue elle n'est partie qu'à cent kilomètres à peine mais elle a zappé tout le monde.

- Elle doit être très prise par le travail, suggérai-je. Et puis peut-être a-t-elle quelqu'un dans sa vie. En tout cas je n'ai jamais compris sa façon d'agir, elle m'a annoncé du jour au lendemain qu'elle avait trouvé du travail ailleurs et puis plus rien.

- Oui ça m'a toujours semblé bizarre aussi, mais c'est June, elle a toujours été aventurière, elle n'a jamais eu peur de tout recommencer ou de devoir partir, et puis tu sais, si ça ne va pas, elle reviendra ici, il y a toute sa famille. Mais tout de même, elle s'est volatilisée du jour au lendemain, lança Raph.

- Tu sais quand c'est pour le travail, ça ne prévient pas nécessairement. Même si je me suis toujours beaucoup interrogée sur son départ précipité je dois avouer, soupirai-je, l'air songeur.

- Moi aussi Lisa, d'autant que je la trouvais vraiment différente dans les derniers temps. Elle m'avait même confié avoir de gros problèmes d'argent et qu'elle envisageait la vente de son appartement pour pallier ses soucis. Et ça, ce n'est pas notre June, ça ne lui ressemble pas. Enfin ça n'est que mon avis, mais pour moi il y a un mec derrière tout ça. Mais que veux-tu, c'est une grande fille, on ne peut rien lui dire.

- Tu as raison, j'essaierai de lui téléphoner demain au moins pour prendre de ses nouvelles, concédai-je en portant mon verre à ma bouche pour déguster toutes ses saveurs sucrées et colorées.

Raph revint derrière le bar pour servir un client qui venait de lui passer commande, et lorsqu'il eut terminé ses préparations, après avoir posé le dernier verre sur le comptoir, il eut un mouvement brusque de la tête, regarda en direction de la porte d'entrée, son visage se figea alors quelques secondes, et il se mit à froncer les sourcils comme à la suite d'une très grosse contrariété.

- Tout va bien Raph ? lui demandai-je.

- Oui j'ai juste... rien... une hallucination...

- Une hallucination ?

- J'ai cru voir passer June ! répondit Raph sur un ton partagé entre inquiétude et plaisanterie.

- Il faut vraiment que tu prennes des vacances, toi ! le badinai-je.

# 8.

Des talons noirs neufs claquaient sur le bitume. La nuit rendait la silhouette féminine pleine de mystère. Elancée, fine, parée d'un long manteau noir avec un col imitation fourrure, elle se dirigeait dans une rue tranquille et sombre. Elle portait des cheveux mi-longs ondulés, couleur châtain foncé. Ses longs doigts aux ongles parfaitement colorés de rouge cherchèrent à tâtons dans la pénombre le bouton pour sonner. Finalement, la jeune femme décida de s'éclairer de la lumière du portable puis trouva enfin un interphone. On décrocha et une voix d'homme demanda : "Le nom". Ce à quoi la jeune femme répondit rapidement "Rita". La porte s'ouvrit en laissant dans l’entrée de la résidence le lourd écho du claquement de l’ouverture.

Un vieil immeuble de six étages, rénové, pas d'ascenseur. Une lumière faible s'alluma en détectant la présence de la mystérieuse silhouette nocturne. Elle sortit de son sac à main une enveloppe, une feuille pliée trois fois, puis lu les instructions : "Deuxième étage. Pas un mot, pas un bruit. Frappe.

Attend quinze secondes. Quand la porte s'ouvre, tend l'enveloppe. Va-t'en."

La jeune femme suivit à la lettre les instructions, mais lorsque la porte s'ouvrit elle ne put s'empêcher de demander en chuchotant, d'un air affreusement triste : "Quand nous reverrons-nous ? Tu avais pourtant promis !". Puis la porte se referma sèchement. Elle resta quelques instants devant cette porte close, les larmes roulant sur ses joues, sa respiration se faisant plus intense, son cœur battant plus fort. Elle renifla, releva la tête, sortit un mouchoir de son sac afin d'éliminer toute trace de chagrin de son visage et résignée, elle tourna les talons. Elle fit tout son possible pour rester discrète, et ne pas faire de bruit avec ses escarpins dans les escaliers. Même trahie et peinée, elle continuait à faire tout ce qu'il lui demandait. Et elle continuerait encore. Trop amoureuse. Dépendante totalement de sa présence dans sa vie. Elle aurait fait n'importe quoi pour qu'il ne parte pas. Et il l'avait menacée plusieurs fois de le faire si elle avait l'outrecuidance de ne pas se plier à ce qu'il lui demandait. Personne ne pouvait comprendre ce qu'elle vivait, et à quel point elle aurait tout donné pour lui. Au point qu'elle n'avait plus d'amis. Elle avait énormément perdu dans cette histoire. Son travail. Son argent. Sa vie. Sa dignité. Mais qu'importe puisqu'il lui avait promis tant de belles choses finalement. Pouvoir être réunis. Vivre ensemble. Se marier. Il lui avait de nombreuses fois promis qu'il passerait son temps à s'occuper d'elle et que plus rien autour n'aurait d'importance, qu'elle serait sa seule préoccupation.

Celle qui se faisait appeler "Rita" avait décidé depuis plusieurs mois de ne vivre que pour lui. Sachant pertinemment toutes les conséquences que cela pourrait engendrer. Elle connaissait sa vie puisqu'il lui avait tout raconté. Elle savait qu'en tant que chef d'entreprise il serait souvent absent ou bien en rendez-vous professionnel. Elle connaissait son caractère puisqu'ils avaient eu l'occasion de travailler ensemble et elle savait aussi les petits sauts d'humeur auquel il était sujet. Elle ne lui en tenait jamais rigueur, mettant cela sur le compte du stress que pouvait endurer un patron aussi impliqué que lui. En effet, sa société de plomberie lui prenait toute son énergie.

Du nom de S.E.P, cette entreprise en services de plomberie avait été créée quelques années plus tôt par cet homme et avait connu des années glorieuses et paisibles. Les chantiers n'en finissaient plus de s'inscrire sur le carnet de commandes et l'avenir s'annonçait très prometteur et serein. Néanmoins, la gourmandise et le caractère mégalo de son dirigeant avait plongé la structure dans une crise terrible, et avait endetté ce dernier un an et demi plus tôt. En plein désarroi financier, il continuait tout de même à se faire passer pour ce qu'il n'était pas et à mener un train de vie démesuré. Célibataire, chaque femme qui entrait dans sa vie était pour lui une chance supplémentaire d'éponger ses dettes. Il les aimait d'ailleurs plutôt innocentes afin de pouvoir les entortiller et leur demander n'importe quoi. Les femmes faibles, à la dérive et aux besoins affectifs forts étaient de loin ce qu'il préférait mais elles étaient pour la plupart inintéressantes pécuniairement. Il lui fallait donc à chaque fois redoubler d'efforts pour trouver des proies correspondant à ses attentes : assez faible pour tomber dans ses filets, mais surtout avec un potentiel à prêter de l'argent lorsqu'il le demanderait.

Cet homme, c'était Ted Barnier. LE Teddy Barnier dirigeant également de son cabinet comptable. Celui pour lequel Lisa avait sombré dans une descente aux enfers colossale. Celui pour lequel June avait bouclé le dossier de comptabilité S.E.P., société appartenant à ce dernier. Quoi de plus judicieux que d'être son propre comptable et pouvoir ainsi falsifier autant de documents que l'on souhaite lorsque sa seconde société est en péril ? Celui qui se comportait d'abord comme un agneau puis comme un tyran. Celui à qui l'on aurait donné le bon Dieu sans confession alors qu'il était une réincarnation du diable. Il se plaisait d'ailleurs à le dire lorsqu'il avait bu un verre en trop et qu'il se sentait pousser des ailes "Je suis un petit Diable", se plaisait-il à avancer à des proies potentielles lors de ses chasses, se pensant alors totalement irrésistible.

Rita n'avait d'yeux que pour lui. Mais "Rita" n'était qu'un nom de code. Imposé par Ted. Il lui avait interdit de donner son vrai prénom lors de leurs entrevues rapides et secrètes, ni même lors de leurs conversations téléphoniques. Il était parvenu à obtenir d'elle ce qu'il voulait. Et jamais elle ne lui refusait quoique ce soit, c'était d'ailleurs pour ça qu'il la gardait. Elle était si docile et obéissante. Tellement pressée de ne l'avoir que pour elle, qu'elle se pliait à la moindre de ses volontés. Pour le satisfaire. Par amour. Par dévouement. Par soumission. Et il en jouait beaucoup. Totalement insensible. Plus il en demandait, plus elle s'exécutait, et plus elle s'exécutait, plus il en demandait.

Il adorait qu'on l'aime mais n'éprouvait rien en retour. La seule sensation de se faire aimer lui suffisait, c'était même vital pour lui, mais donner de l'affection en retour n'avait rien de nécessaire à ses yeux. Rita s'en doutait puisqu'elle en subissait les amères conséquences, mais elle se sentait littéralement prisonnière de son amour pour lui. Elle ne parvenait même pas à l'expliquer lorsqu'on lui demandait en quoi Ted était important dans sa vie. Incapable d'exprimer ce sentiment si fort qui lui coûtait sa propre personne. Capable de dire qu'elle en souffrait, mais impossible de faire machine arrière. Elle se sentait tout simplement malheureuse et impuissante. Une sensation terriblement destructrice qui la rendait inexistante et la tuait à petit feu. Pour continuer sa vie et rester debout, elle n'avait de cesse que de repenser à ses belles promesses *: "T'avoir auprès de moi est la plus belle chose qui me soit arrivée. Ne me quitte pas, j'ai tellement besoin de toi. J'ai hâte de pouvoir t'offrir ce que tu mérites : une maison dans laquelle tu seras ma reine et un mariage digne des plus belles princesses."* Rita se le répétait, comme une ritournelle, chaque jour, pour tenir le coup...

# 9.

Le lendemain, j’arrivais en fin de matinée au cabinet de psychologie dans lequel travaillait Edna. La veille, elle avait demandé à me parler, et il me tardait de connaître les informations qu'elle souhaitait me transmettre ou les questions qu'elle souhaitait me poser. Je savais qu'il s'agissait du dossier sur lequel nous travaillions ensemble, mais j'ignorais si elle avait trouvé d'autres éléments lui permettant d'avancer, qu'elle aurait voulu me communiquer avant de les intégrer dans son livre, ou s'il s'agissait d'autre chose.

La soirée avec Raph m'avait fait un bien fou et je me sentais reposée, malgré l'heure plus que tardive à laquelle j'avais regagné mon appartement. En posant toutes mes affaires sur mon canapé la veille, une petite horloge dans un style ancien que j'avais posé à proximité du canapé indiquait trois heures du matin. Raph avait terminé son service à une heure du matin et nous avions marché plus d'une heure trente dans les rues de Nice en discutant de tout et de rien. J'adorais ça. Refaire le monde avec un ami lors d'une balade nocturne. Et puis Raph était le genre de copain avec qui je pouvais aborder n'importe quel sujet de conversation. C'était très agréable. Du coup je n'avais pas vu l'heure tourner, jusqu'à ce qu'il ne baille à s'en décrocher la mâchoire et décide de me raccompagner jusqu'à mon appartement.

Arrivée chez moi, je pris tout de même le temps de me préparer une tisane. Tout en sirotant ma boisson chaude et en la promenant dans toutes les pièces de mon modeste logis, je me mis à l'aise en enlevant progressivement chaussures, petit haut, pantalon, pour finir en sous-vêtements avec une tasse de thé en guise d'accessoire. En passant devant le miroir de ma salle de bains, me mettant nue pour enfiler mon pyjama, je me fis la réflexion qu'il était peut-être temps qu'un homme entre désormais dans ma vie. Même si le fait d'être seule ne me dérangeait pas outre mesure, je me disais justement que plus je laissais durer cette période de solitude et plus j'aurais du mal à laisser entrer qui que ce soit dans mon intimité et dans mon univers. Je me mis à cogiter sur la question d'un éventuel fiancé. Le temps ferait sans doute son œuvre…

Je finis mon thé, puis en arrivant dans ma chambre à coucher, je laissai la tasse vide dormir sur la table de nuit. Je me glissai avec sérénité sous mon épaisse couette d'hiver et éteignis la lumière, profitant de toute la place de mon grand lit, en me disant qu'un jour prochain je n'aurai plus autant d'espace. Cette idée me fit sourire.

Comme la fois dernière, je sonnai à la grande porte d'entrée du cabinet en bas de l'immeuble, la porte s'ouvrit puis je montai jusqu'au quatrième étage. Là, dans la salle d'attente finement décorée et d'une propreté parfaite, je patientai jusqu'à ce que ma psychologue vienne me chercher. J'avais sept minutes d'avance. J'en profitai pour consulter ma messagerie et mettre mon téléphone en mode silencieux. Je n'aimais pas, d'une manière générale, être dérangée lors de mes rendez-vous, qu'ils soient médicaux, professionnels ou même privés. Je rangeai mon téléphone dans mon sac à main et posai ce dernier sur le siège à côté.

Je n'eus pas le temps de saisir une revue qu'Edna, toujours dans son impeccable démarche, vint à ma rencontre avec un sourire frais et sincère, comme d'habitude.

- Lisa ! Comme je suis heureuse de voir que vous êtes venue ce matin. D'autant que je vous ai prévenue relativement tard.

- Bonjour Edna ! répondis-je dans une douce poignée de mains. Avec plaisir, si je peux vous aider à avancer sur votre livre...

- Venez ma chère, j'ai à vous parler en effet...

## 10.

Nous nous installâmes de la même façon que lors de notre précédente entrevue. J'avais vraiment hâte de connaître les raisons qui avaient poussé Edna à me convoquer dans son bureau le lendemain de notre première séance de travail. Elle me proposa un café que j'acceptai volontiers. Elle déposa la tasse en face de moi puis commença.

- Bien. Je vous remercie encore Lisa d'être venue de façon aussi rapide. J'avais besoin de vous transmettre deux ou trois petites choses, mais aussi vous demander si vous m'autoriseriez à les utiliser pour mon livre.

- Pourquoi vous l'interdirais-je ?

- Dans la mesure où je vais raconter votre histoire et vous mentionner assez fréquemment dans cet ouvrage, je préfère avoir votre aval du début jusqu'à la fin.

- Bien sûr, concédai-je, je comprends.

- J'ai discuté avec le professeur Steinberg, un ami qui exerce en psychiatrie au sein de l'Hôpital Universitaire de Genève. Et le comble dans tout ça ?

Il s'avère qu'il a déjà eu affaire à Teddy Barnier dans le passé, en tant que patient bien entendu. Je n'en avais jamais rien su, sans quoi je me serai adressée à lui depuis bien longtemps.

- Oui ce nom me dit quelque chose, il a écrit un livre n’est-ce-pas ?

- Absolument Lisa ! triompha Edna. Un livre sur les manipulateurs. Et devinez qui le lui a inspiré ?

- Je crois avoir deviné, souris-je.

- Dans le mille ! Le cas de Ted a visiblement inspiré plusieurs médecins. Disons que ce type de pathologie a longtemps été prise à la légère jusqu'à ces quelques dernières années, et il faut dire que Ted, en plus de présenter un caractère manipulateur, a cumulé la violence physique et la mythomanie, ce qui commence à faire beaucoup, même si ce sont ici précisément les caractéristiques d'un bon manipulateur. Autant vous dire que lorsqu'il a été confié à l'hôpital psychiatrique à la suite de votre histoire pour y suivre les soins imposés par le juge, l'affaire n'a pas dû être simple pour les médecins qui se sont occupés de lui.

- J'imagine, soupirai-je. Mais pourquoi justement ce type de maladie n'a-t-elle pas été prise au sérieux plus tôt ?

- Vous savez Lisa, c'est un peu comme la

dépression. Du fait que beaucoup de symptômes se traduisent par le comportement, il est toujours délicat de déceler les cas sérieux de ceux qui font un peu de cinéma pour être arrangés dans certaines situations. C'est aussi comparable, si vous préférez, à celui qui plaide la folie pour être reconnu pénalement irresponsable d'un meurtre par exemple, et ainsi en être disculpé. C'est souvent difficile de faire la différence entre un menteur maladif et un léger caractériel. Pour le pervers narcissique c'est pareil. Beaucoup sont juste super prétentieux, sans tomber dans la pathologie. La distance est très mince.

- Oui je vois.

- De fait, un tas de maladies sont officiellement reconnues depuis peu par la médecine, mais pendant longtemps on remettait tous les symptômes en cause.

- C'est sans doute grâce à cela que Ted a échappé à une condamnation bien avant cela, avançai-je. Aucune autre femme avant moi n'avait osé parler de ce cinglé à un médecin de peur de ne pas être prise au sérieux.

- Exactement Lisa... C'est vraiment très triste mais du coup cela soulève un point important. Vous souvenez-vous du nombre de proies que Teddy Barnier aurait pu avoir ? Avez-vous pensé à entrer en contact avec l'une d'entre elles ?

- Non je ne m'y suis jamais attelée. Le faut-il ?

- Rien ne vous y oblige mais j'aimerais que vous y réfléchissiez. D'autant que vous êtes certaine de ne pas avoir été la seule lors de votre relation avec Ted. Ce qui pourrait considérablement faire avancer mon étude : en effet des témoignages supplémentaires pourraient m'apporter tellement d'autres éléments cruciaux. Voudriez-vous bien travailler un peu là - dessus ?

- Si cela peut vous aider, répondis-je sans trop d'enthousiasme, en touillant mon café avec la cuillère.

Même si je ne dis rien à Edna, entrer en contact avec une de mes rivales ne m'enchantait guère plus que cela. Ce n'était pas le fait de devoir me replonger en partie dans mon histoire avec Ted, c'était le fait d'entendre les jérémiades d'une femme qui partageait le lit de Ted en même temps que moi. Et avec bien du recul, je dois avouer que si j'avais su à cette période à qui j'avais à faire au quotidien, je lui aurais volontiers laissé.

- Lors de notre prochaine entrevue, je souhaiterai que vous me parliez de Ted dans ses moments les plus sombres. Je vous en parle maintenant ainsi cela vous laisse une petite semaine pour vous y préparer.

- Merci Edna.

- Je vous en prie. Il y avait autre chose dont je voulais vous parler. Vous étiez proche de June ?

- Oui très proche mais quel rapport avec Ted ?

- Aucun, je le conçois, cependant je voulais savoir si vous aviez de ses nouvelles, n'en ayant pas moi-même... C'est pourtant une ancienne patiente et excellente connaissance.

- Eh bien non, à mon grand regret je n'en ai pas, car June et moi étions très liées et j'ignore pourquoi elle est partie ainsi, du jour au lendemain. Elle a prétendu des raisons professionnelles mais très étrangement j'ai encore du mal à y croire.

- Vous savez, souvent on envoie des écrans de fumée. Parfois dans la vie, il arrive que nous soyons tellement sûrs de nos choix et simultanément pris dans la détresse, que nous sommes convaincus que personne ne pourra jamais les comprendre. Alors non seulement, on ne raconte rien de ce que nous traversons, mais en plus, nous tissons un joli mensonge afin que personne ne nous bassine avec une foule de questions. C'est ce que j'appelle un écran de fumée. On attire l'attention là-bas pour que personne ne regarde ici, mimait-elle avec ses mains.

- C'est exactement ce que j'ai pu ressentir de nombreuses fois avec Ted, ajoutai-je. J'avais la sensation d'être éperdument amoureuse et à la fois perdue à tout jamais. Et que même si j'étais la plus sincère possible, jamais personne n 'aurait pu m'aider. Avec le recul, c'était une solitude indescriptible et terriblement étouffante.

- Voilà Lisa. Et alors que vous rêviez sûrement de crier à l'aide, vous avez simplement souri au monde entier en assurant que tout allait pour le mieux.

- C'est exact, dis-je en bougeant sur le divan avec un long soupir. Mais Edna, pourquoi me dites-vous donc cela ?

- Je pense que June vit la même chose à l'heure actuelle... avança Edna sur un ton inquiet.

- June est partie à une bonne centaine de kilomètres de là, comment pouvez-vous le savoir ? Elle vous a téléphoné ?

- Du tout.

Edna balaya la pièce du regard, comme pour s'assurer que personne ne nous écoutait, se repositionna sur son fauteuil, me fixa, puis reprit :

- Mais je suis certaine qu'elle a besoin d'aide. Et qu'elle n'est jamais partie. Que ce fameux départ était pour elle ce dont nous sommes en train de parler : un écran de fumée.

- Comment pouvez-vous en être si sûre ?

- Parce que je l'ai vu entrer dans un immeuble hier

soir.

# 11.

Assise sur un banc face à la mer, je scrutai l'horizon la bouche entrouverte et le regard perdu au loin, très loin. Je regardai les promeneurs passer, certains en roller, d'autres accompagnés d'un chien et d'une femme, d'autres encore avaient enfourché un vélo en quête d'une promenade de santé. Et moi, j'étais en train de noyer mes pensées seule face à l'immensité de la terre, en me disant que non seulement j'avais perdu ma personnalité à cause d'un malade mental, mais que peut-être également une bonne amie n'avait pas hésité à me raconter un gros mensonge pour se débarrasser de moi. Je devais en avoir le cœur net. Je saisis mon téléphone portable dans mon sac à main posé sur mes genoux. C'était d'ailleurs bien la première fois que je couchais mon Chanel n'importe comment sur mes genoux. Il fallait vraiment que je sois déconfite et totalement aux abois. Après quatre sonneries, on décrocha.

- Raph, c'est Lisa... lançai-je, la voix étranglée.

- Ma Lisa, comment tu vas ?

- Euh… ça peut aller, hésitai-je.

- Que se passe-t-il ? demanda Raph, inquiet.

- J'ai bien peur que mes explications ne te gardent toute la journée au téléphone. Je suis désolée, je sais que tu ne travailles pas aujourd'hui mais dans combien de temps pourrais-tu me rejoindre ?

- Tout dépend ! Où es-tu ?

- Ah oui ! Euh, je suis sur la Prom. Tu vois ces espèces d'arcades avec de grosses colonnes ? Je suis sur le premier banc à gauche.

- Très bien, je serai là dans quinze minutes, ça ira ?

- Je te remercie Raph.

Il raccrocha. Quel soulagement. J'attendais l'arrivée de mon ami comme le messie. Je tremblais de froid mais je n'avais aucune envie de rentrer chez moi, j'aurai sans doute gambergé. J'aurais ruminé. Je me serais torturé le cerveau à essayer de résoudre tous les problèmes de la planète alors que je parvenais à peine à trouver des réponses à mes questions les plus simples : où était June ? Edna avait-elle raison sur le fait qu’elle n’ait jamais quitté le coin ? Pourquoi m'aurait-elle menti ? Qu'avais-je fait de si mal qui mérite qu'elle ne veuille plus de mon amitié ? Je préférais cent fois rester assise ici sur le banc face à la mer, à regarder cette magnifique et infinie étendue d'eau qui scintillait sous les quelques rayons de soleil daignant percer les nuages. Attendre l'arrivée de Raph. Je contemplais les passants et leurs multiples activités en pensant à June et à ce qu'elle pouvait bien faire au même instant.

Je me disais que, si nous étions encore amies comme auparavant, nous aurions sans doute fait une balade au bord de mer tout l'après-midi et aurions terminé la journée par un mojito, et nous aurions sans doute même passé une soirée au Cocktail, le bar dans lequel Raph servait. Nous aurions dit des quantités de blagues et d'histoires sans queue ni tête et nous nous serions confiées l'une et l'autre, à cœur ouvert, sur tous les sujets dont les meilleures copines ont le secret. Nous n'aurions pas vu l'heure tourner, bien que devant chacune retourner travailler le lendemain pour Teddy Barnier, au cabinet comptable dans lequel nous étions toutes les deux salariées. Nous serions rentrées chacune chez soi et nous aurions continué à discuter comme deux gamines par texto.

Elle me manquait. Avant qu'Edna ne m'en parle, je ne ressentais pas ce manque. Je ne ressentais aucun manque car j'avais cru ce que June m'avait dit. J'avais cru et admis bien volontiers qu'elle dut partir pour des raisons professionnelles à une centaine de kilomètres de Nice. Jamais, à aucun moment, je n'avais douté de ses propos, je n'avais tout bonnement aucune raison de douter. June était mon amie et bien plus encore, elle connaissait presque tout de moi et je connaissais presque tout d'elle. Elle avait tout su de ma descente aux enfers avec Ted. Elle connaissait la suite de mon histoire avec Ted, la post-rupture, mais surtout le « pendant », car le mot « enfer » est loin d'être mesuré lorsqu'il s'agit d'évoquer ce que Ted m'avait fait vivre. Elle avait tout vu, tout connu de ma relation avec celui qui avait organisé ma destruction, et c'est elle qui m'avait aidé dans les premiers mois de ma reconstruction. En me dirigeant vers Edna notamment. Elle avait été là le jour où le procès s'était tenu, elle me disait que si j'avais besoin de parler elle serait présente, et qu'elle le serait encore longtemps. Bien que Ted m'ait convaincue de ne plus la fréquenter hors du bureau, ce que June avait eu beaucoup de mal à encaisser, et je la comprenais complètement. Si son petit ami lui avait demandé de ne plus me voir, cela m'aurait vexé sans aucun doute. Mais elle avait tout de même eu beaucoup de peine pour ce qui m'était arrivé et ne m'en avait pas tenu rigueur. Et maintenant ici, à quelques mètres de moi, elle n'oserait rien me dire, ni même se montrer ?  Pourquoi ? Ce n'était pas son genre de mentir et encore moins de se cacher. Je ne comprenais pas ce retournement de situation et trouvais que quelque chose n'était pas cohérent. Elle, si droite. Si franche. Elle n'avait aucun intérêt à se cacher et si vraiment elle était de retour en ville, elle aurait été si heureuse de nous revoir, Raph et moi. Nous aurions pu rattraper le temps perdu et reprendre la belle relation d'amitié que nous avions il y a quelques années. Cette relation basée sur la simplicité, l'honnêteté et la joie de vivre. Je ne comprenais pas, j'étais perdue et en même temps au fond de moi, j'espérais qu'Edna se soit trompée.

Quoique, en y pensant bien, Edna m'avait affirmé la voir entrer dans un immeuble du centre-ville la veille au soir, mais rien ne l'attestait. Du moins, sans remettre en doute la capacité d'Edna à reconnaitre qui que ce soit, rien ne prouvait formellement qu'il s'agissait bien de June. Peut-être avait-elle un sosie, ou quelqu'un qui lui ressemblait fortement. Peut-être même n'était-ce pas elle. Dans la pénombre, personne ne pouvait être absolument certain de reconnaître qui que ce soit. Il y avait tellement de femmes ressemblant à June qui avaient dû entrer dans un vieil immeuble du centre-ville hier soir, comment Edna pouvait-elle être si sûre d'elle ? Avait-elle d'autres éléments permettant de corroborer ce qu'elle avançait ? Je devais en parler à Raph, il aurait à coup sûr, de bons éléments de réponse. Pour l'heure j'étais trop partagée entre tristesse, rancœur et incompréhension. Incapable de mettre de l'ordre dans mes pensées.

Raph arriva à vélo bleu quelques instants plus tard. L'idée de le voir sur ce type d'engin me fit rire sur le coup car il était d'ordinaire plutôt branché course à pied ou marche rapide, short-marcel et muscles, et le voir ainsi lui conférait un petit air de touriste, rien qui ne lui ressemblait en tout cas. Et dans mes souvenirs, je n'avais jamais vu mon Raph sur un vélo bleu. Cette pensée m'avait fait du bien dans mes inquiétudes. J'étais impatiente de connaître son opinion concernant cette fameuse apparition de June, d'autant qu'il lui avait semblé l'apercevoir la veille. Que devions-nous en penser ?

Il arrivait à la fois pressé et tranquille. Cela le qualifiait à merveille : Raph était une force tranquille. Il m'apaisait et parvenait à me raisonner dans les moments de doutes ou dans mes périodes de vulnérabilité. Même si je faisais tout pour ne plus en avoir, il m'arrivait encore de temps à autre d'être un peu fragile. On ne se relève pas si facilement de six années à entendre que nous ne servons à rien et que nous sommes un échec à nous seul. Et j'avais beau travailler à me refaire une force intérieure, je devais bien avouer que la tâche n’était pas aisée.

Raph prit place à côté de moi après avoir presque jeté son vélo bleu sur le côté du banc. Il me sourit, comme à son habitude puisqu'il était toujours souriant, c'est ce qui faisait son charme.

- Ma chica ! Il me fit la bise en déposant une main affectueuse sur mes épaules. Mais c'est quoi ces angoisses ? Tu m'as fait peur, il y a quelque chose de grave ?

- Je n'en sais rien Raph c'est bien pour cela que je t'ai appelé ! Tu as fait vite à ce propos !

- Tu m'as appelé pile quand j'avais terminé de m'habiller, et comme je ne faisais rien de particulier, tu as eu la chance de m'avoir tout de suite, me lança-t-il avec un petit coup d'épaule dans la mienne.

J'avais un air un peu grave car je m'apprêtais à lui dire ce que j'avais sur le cœur. Je soupirais. Je déglutis et soufflais comme pour me donner du courage, ce qui rajouta au caractère inquiétant de mon appel si bien que Raph me demanda à nouveau ce qui se passait.

- C'est June...

- Eh bien quoi June ?

- Il paraîtrait qu'elle est de retour.

- Ça commence à faire beaucoup de conditionnel ! Comment le sais-tu ?

- C'est Madame Simmons qui l'aurait vue entrer dans un immeuble hier soir, je me suis dit aussi que cela pouvait être une erreur de sa part, mais je me suis souvenu qu'hier soir tu as cru l'apercevoir. Te souviens-tu d'elle hier soir ou pas ?

- Oui mais attends ! On était au bar, je servais un client, il faisait nuit noire, je pense l'avoir aperçu mais tu sais Lisa c'est pas évident, je ne peux pas te certifier...

- Raph c'est important j'ai besoin de savoir !

- Et en quoi est-ce si important ?

- Raph tout de même ! C'est une amie ! Pourquoi nous cacherait-elle son retour ? Quel intérêt ? S'il s'avère que c'est bien elle, tu peux avouer que c'est étrange qu'elle n'ait pas repris contact avec nous ! Tout de même !

- Oui si tu veux, j'avoue, c'est vrai tu as raison, pourquoi nous fuirait-elle de la sorte ?

- Ce n'est pas bien mais... -je passai ma langue sur mes lèvres qui s'asséchaient à cause du froid- tu ne connais personne à tout hasard qui pourrait surveiller les environs pour voir si c'est bien elle ? Je... je ne sais pas. Je ne le sens pas, ce n'est pas son genre. Je trouve vraiment que cela ne lui ressemble pas.

- Et ta psy est sûre d'elle ?

- Non Raph, mais je ne peux pas expliquer, c'est comme ça. Il faut que je sache...

Le vent se leva peu à peu et je sentis l'air frais venir caresser mes joues, qui devinrent rosées peu à peu. Mes cheveux voletèrent avec légèreté quand Raph me suggéra d'aller terminer notre conversation dans un bar en nous accompagnant d'un café viennois pour nous réchauffer. L'offre était si alléchante que je ne pus refuser. En chemin, Raph me passa une main rassurante dans le bas du dos, en me disant que je ne devais pas m'inquiéter à ce point et que nous saurions bien vite s'il s'agissait de June. Il me proposa de lui passer un coup de fil afin de voir si elle répondrait et si oui, que lui dirait-elle.

Nous décidions de nous arrêter dans un café de la zone piétonne. Là nous commandions deux cafés viennois et quelques minutes plus tard, deux tasses superbes contenant le café arrivèrent, toutes deux magnifiquement nappées d'une montagne de crème fouettée, saupoudrée de chocolat, le tout accompagné d'un spéculoos. Un pur moment de gourmandise dont je comptais bien me délecter.

Nous poursuivions donc notre discussion dans ce bar très fréquenté, aux doux effluves de café chaud. L'espace d'une petite heure, j'oubliai presque ce pourquoi j'étais tant inquiète ces derniers jours et profitai de mon escapade avec Raph pour me vider la tête. Il m'avoua même adorer passer du temps avec moi et me demanda un peu timidement de renouveler ce genre de rendez-vous en tête à tête. S'il n'avait pas été un bon ami, j'aurai presque cru être courtisée...

# 12.

Rita vivait dans un très beau deux pièces qu'elle possédait sur les hauteurs de Cimiez. Un secteur assez prisé pour son calme et pour son charme. Elle vivait sur ses économies. Une chance que cet appartement appartienne à sa famille ce qui lui économisait le loyer. Ses parents l'avaient acheté trente-cinq ans auparavant et le lui avait cédé avant de quitter la région définitivement. Elle y vivait seule et cette solitude avait tendance à lui peser parfois. Néanmoins, elle se consolait avec le fait d'avoir un logement bien à elle, de la famille à cinq cents kilomètres, ce qui restait un trajet relativement facile à faire, et des projets. Tout ce qui pouvait lui manquer était l'amour d'un homme. Mais pas n'importe lequel. Elle ne travaillait plus depuis plusieurs mois. À la suite de nombreux malaises et d'absences répétées, elle avait été licenciée de son dernier emploi. Elle devait ses malaises au fait qu'elle ne s'alimentait plus comme avant et qu'elle souffrait de nombreuses carences. Son médecin l'avait mise en garde mais elle n'avait pas écouté ses conseils. Ses absences, c'était pour aller voir son amoureux. Elle avait un besoin vital, quasiment viscéral de le voir à n'importe quelle heure du jour et de la nuit, et elle n'avait pas hésité à manquer le travail sans prévenir tant elle était dépendante de lui, de sa présence, de sa voix, de son odeur, de son contact. Plusieurs fois par semaine, il l’appelait pour lui demander de le rejoindre chez lui, pour faire l'amour. Elle prétextait alors un mal de tête soudain et violent, et quittait son lieu de travail sans attendre qu'on lui en donne l'autorisation.

Elle ne voulait que lui. Voilà deux années qu'elle l'aimait en secret. Deux années où chaque jour que la vie lui offrait elle espérait un peu plus encore qu'il se rapproche d'elle. Pendant quelques temps elle l'avait même vu au bras d'une autre et en avait énormément souffert. Mais elle n'avait jamais rien dit car cette femme était une amie. Avait été une amie. Elle ne l'était plus car celle-ci aurait décidé de tirer un trait sur Rita, jalouse de ce que possédait Rita et de son mode de vie. En effet, Rita était une femme de trente-sept ans, très coquette, qui fréquentait beaucoup les instituts de beauté, les magasins de vêtements chics, et les boutiques de cosmétiques de luxe. Malgré qu'elle n’eût pas fortune, elle était tout de même un peu aisée et détestait par-dessus tout de devoir se priver. Son ancienne amie aurait tenu des propos assez peu flatteurs mettant en avant le côté prétentieux et flambeur de Rita. Cette dernière ne l'aurait pas supporté et aurait décidé de couper toute relation avec de faux amis qui, en fin de compte, ne faisait que jalouser son train de vie et parler sans cesse derrière son dos.

Tout ceci, elle le tenait de son amoureux. C'est lui qui avait eu l'honnêteté de le lui dire. Pour la protéger avait-il dit. Pour lui éviter ces faux amis qui ne lui voulait aucun bien. Pour lui éviter de souffrir aussi. Car elle tomberait de haut s'ils décidaient un jour de se retourner contre elle. Et puis, ils tenteraient sans doute de la soudoyer, ou de profiter d'elle, de profiter de son argent ou de sa gentillesse, de sa générosité et de sa faiblesse. Son amoureux lui avait certifié que ces soi-disant amis n'étaient pas bons pour elle. Elle avait donc pris très au sérieux ses précieux conseils. Il ne pouvait lui dire que la vérité puisqu'il l'aimait. Il le lui avait dit plusieurs fois. Et elle l'aimait comme une folle aussi. Elle le croyait dur comme fer, jamais il ne lui mentirait, pas lui, il ne voulait que son bien.

Quoiqu'il en soit, elle avait une confiance aveugle en lui, il pouvait lui demander tout et n'importe quoi, elle l'aurait fait. Peu importe le moment de la journée. Elle avait besoin de savoir qu'elle était importante pour lui. Et il le savait bien, puisqu'il en avait joué tout ce temps. Il avait créé en elle une dépendance totale. Il avait toujours agi ainsi, avec toutes ses compagnes. Et elles étaient nombreuses. Chaque fois qu'il était rassasié d'une proie, il la jetait, comme on jette les ordures, et en cherchait une autre, attendant de tomber sur celle qu'il pourrait garder plus longtemps que les autres, sur celle à qui il pourrait vraiment tout demander, sur celle qui deviendrait totalement aveugle, sourde et muette, par amour pour lui.

Rita correspondait à tout ce qu'il recherchait. Docile, douce, aimante et prête à tout pour le garder. Il avait réussi à lui faire quitter son travail, il avait réussi à éliminer son cercle d'amis, sa famille était en train de lui tourner le dos... Pour qu'elle soit vraiment à sa merci, il lui restait le logement, et il comptait bien tout faire pour qu'elle soit obligée de se séparer de son logement. Et quoi de mieux pour cela que de lui emprunter de l'argent jusqu'à ce que ses réserves soient épuisées ? Ainsi, elle se trouverait tellement à court de moyens financiers qu'elle serait obligée de vendre. Son ultime bien, son dernier signe d'indépendance. Son but à lui étant d'avoir toujours sous la main un souffre-douleur. Quelqu'un qui lui donnerait toute l'attention démesurée dont il avait besoin, quelqu'un qui serait toujours à sa disposition, qui répondrait toujours par la positive à toutes ses attentes. Il lui fallait maintenant enclencher la vitesse supérieure.

Cet homme, c’était celui qui la faisait venir le soir pour lui apporter des enveloppes dont les plis étaient à chaque fois un secret d’état. Teddy Barnier. Elle ne pouvait expliquer à quel point son amour pour lui était fort. Elle possédait un carnet dans lequel elle griffonnait de temps à autre ce qu'elle avait sur le cœur. Elle le cachait sous son oreiller comme une adolescente. Ce jour-là elle décida de s'en munir. Encore vêtue de son peignoir en coton rose pastel, ses cheveux relevés sur sa tête en un chignon grossier duquel des petites mèches châtain sortaient, elle se dirigea après son maigre dîner, un café en tout et pour tout, vers son lit, sur lequel elle s’assit. Elle souleva de ses mains frêles son oreiller pour saisir le carnet, puis repartit pour le salon où elle prit place sur son canapé d'angle couleur chocolat.

Dans la douceur de son appartement, elle saisit un stylo traînant là sur la table basse et se mit à rédiger.

*Mardi 30 Septembre*

*Trop de pensées se bousculent en même temps.*

*Beaucoup de souffrance. Je l'aime tellement. J'ai l'impression qu'il ne mesure pas à quel point je l'aime. Il m'a encore promis que bientôt on pourrait s'installer ensemble mais je commence à m'impatienter, je ne dis rien pour ne pas l'énerver car il m'a déjà dit que je lui mettais la pression et qu'il fallait que je lui laisse le temps. Il ne m'envoie plus de message pour le moment. Il me dit que c'est parce qu'il aime ce côté secret de notre relation. Je sais qu'il me ment et qu'il y a une autre femme, mais je ne lui en veux pas car il m'a juré que j'étais la femme de sa vie, et qu'il ne voulait que moi. Il m'a dit que j'étais la seule avec qui il faisait l'amour avec autant de passion et avec qui il aimait dormir. Je le crois, je ne peux pas ne pas le croire. Il doit être sous pression à cause de son travail, voilà tout. Mais bientôt, je suis sûre qu'il va la quitter et me garder, moi seule... J'espère tellement, j'ai tellement hâte, ce n'est qu'une question de temps. Je pense qu'il me faudrait un travail pour m'occuper, mais si je ne suis pas disponible pour lui, il va me quitter. Je dois pouvoir arriver dès qu'il me le demande. L'idéal serait un petit emploi à mi-temps. Il faut que je pense à autre chose en l'attendant. Je n'aurai jamais cru qu'être amoureuse pouvait faire si mal, je vis sans plaisir et toujours dans l'attente de ses nouvelles. J'ai peur qu'un jour cela ait raison de moi. J'ai peur de ne pas être forte assez longtemps. Je dois rester forte, pour lui. Reprends-toi.*

Elle posa son carnet fermé sur sa table basse, le stylo dessus. Elle soupira. Elle sentit les larmes monter. Le manque, comme chaque jour. Le manque de lui la mettait dans des états incontrôlables. Elle pouvait se mettre à trembler, à grelotter comme si elle était fiévreuse, à pleurer sans raison aucune, à sentir les battements de son cœur accélérer à la simple pensée qu'il allait peut-être lui téléphoner. Elle présentait les symptômes des toxicomanes en manque. Elle savait qu'elle devait trouver une solution pour aller mieux.

Son téléphone se mit à sonner. Elle bondit du canapé et se précipita comme une folle vers son sac à main, posé sur le bar de la cuisine. Elle attrapa son téléphone et décrocha sans même analyser le numéro qui l'appelait. Après tout cela pouvait être lui, il pouvait l'appeler depuis n'importe quel téléphone, à n'importe quel endroit.

- Allô !! haleta-telle.

- Oui c'est maman !

- Maman... Ah. Comment tu vas ?

- Moi ça va merci, mais toi visiblement c'est loin d'être l'extase !

- J'ai connu des jours meilleurs c'est certain, mais ça va aller, assura Rita.

- Je l'espère bien ! Écoute, je ne vais pas y aller par quatre chemins, j'ai reçu un coup de fil de la banque qui n'arrive pas à te joindre ! Comment peux-tu ignorer ces appels ? demanda sa mère, en colère.

- Je n'ai pas dû faire attention voilà tout ! répondit Rita.

- Non mais franchement réveille-toi ma fille ! Tu es à découvert de trois mille euros bientôt, comment peux-tu laisser la situation pourrir ainsi ? Nous avons pourtant des moyens pour t'aider ! Tu ne fais que nous ignorer depuis des mois, personne ne te reconnaît ! Tu n’as plus de sous, plus de rentrée d’argent, tu te fiches de tout et pour couronner le tout tu pousses la banque à nous appeler parce que tu as décidé de ne pas répondre à leurs appels !

- Maman ça va aller je te dis, je traverse une mauvaise passe c'est tout, ça peut arriver à tout le monde, non ?

- Je ne dis pas le contraire mais à ce point-là c'est de l'autodestruction ! Je te rappelle que tu as perdu ton emploi, tu n'as plus de vie sociale, plus d'argent, quelle est la prochaine étape ? Que cherches-tu ? Vivre à la rue ? Mourir ?

- Pas du tout et tu le sais très bien ! Et tu en sais

bien des choses sur ma vie en ce moment, c'est au moins ma sœur qui est à l'origine de toutes ces informations ! C'était pour ça alors que mes oreilles sifflaient ? Ah bravo, parler dans le dos des gens !

- Ça suffit maintenant ! La voix de sa mère se faisait plus incisive désormais. Écoute, ça m'embête de devoir en arriver là, mais soit tu décides de te prendre en main et tout se passera bien, soit nous ne répondrons plus à aucun de tes appels et le jour où tu auras besoin il n'y aura plus personne ! Que ce soit financièrement où humainement !

- C'est facile hein ! Personne ne sait ce que je traverse. Rita pleurait à chaudes larmes au téléphone. Mais d'accord. Je fais le nécessaire. Tu as gagné.

- Ma chérie nous sommes là, c'est toi qui nous tourne le dos... Je cherche juste à savoir ce qui se passe, expliqua sa mère dont la voix s'était à peu près adoucie.

- Au revoir maman.

Rita venait de raccrocher. Elle s'effondra et dut s'asseoir avant que ses jambes ne lâchent. Elle se sentait au bord du précipice, elle devait faire quelque chose, au moins pour préserver le peu de bonne relation qui restait entre ses parents et elle. Ils ne se parlaient déjà plus vraiment comme avant, il était inutile d'en rajouter. Elle comprenait la réaction de sa mère mais songeait qu'à trente-sept ans, elle n'avait pas d’ordre à recevoir, de qui que ce soit. Mais, sensible aux paroles incisives de sa mère, elle prit conscience de l'urgence de se ressaisir.

Elle se surprit même à se dire qu'elle ne pouvait pas continuer à passer ses journées ainsi, à attendre Ted, comme un chien attend le retour de son maître. Sa mère avait raison dans le fond, personne ne la reconnaissait, elle ne se reconnaissait pas elle-même. Elle eut quelques minutes de lucidité qui la poussèrent à réagir. Elle qui, une heure auparavant ne voyait pas sa vie sans lui, pas même une seule journée, était en train de prendre conscience peu à peu qu'elle se privait de vivre en l'attendant.

Sur le bar de cuisine juste devant elle, trônait le journal. Elle renifla, expira brusquement. Elle se retourna pour attraper un verre dans le placard, ouvrit le mini bar proche du comptoir de la cuisine et se servit un verre de bourbon. Elle revint s'asseoir au bar de la cuisine. Elle s'alluma une cigarette, et jeta le briquet sur le bar.  Elle attrapa le journal, l'ouvrit à la page des petites annonces d’offres d’emploi, puis commença sa recherche. Elle entoura au feutre rouge chaque annonce qui lui plaisait. Lorsqu'elle eut épluché toutes les petites annonces, elle se servit un deuxième verre de bourbon et alluma l'ordinateur portable que Ted lui avait offert peu après sa première promesse de vivre avec elle. « Putain d'ordi de merde » lança-t-elle en ouvrant et en allumant la machine, comme si tout ce qui venait de Ted commençait à lui être insupportable. Comme si tout ce qui le représentait lui donnait la nausée. Comme si enfin elle se détachait, lassée de n'être rien d'autre qu'une vulgaire roue de secours. Elle saisit la télécommande de la chaîne hi-fi et mit la musique comme pour se donner du courage. Elle adorait les musiques un peu démodées et alors que Bruce Springsteen chantait « Born in the USA » sur sa radio préférée, elle sentit l'envie de se servir un troisième verre, qu'elle sirota en agitant la tête au rythme de la musique.

Son troisième bourbon aidant, elle alluma une autre cigarette et saisit son téléphone avec la ferme intention de dire au revoir au chagrin, et à Ted. Elle tapa son message, le relut et appuya sur envoyer. Ted devait être en train de le lire, il avait toujours son téléphone avec lui. « Trop tard, tu m'as perdu. Et c'est bien comme ça. » Et elle s'en fichait royalement. Du moins, c'était surtout grâce au bourbon qu'elle s'en fichait. Elle reprit ses recherches, écrasa sa cigarette, fini son verre, alluma une autre cigarette, se servit un autre verre, son quatrième. Cela faisait des mois et des mois qu'elle vivait avec l’espoir que l'homme qu'elle aimait ne lui donne son feu vert pour rapatrier ses affaires chez lui. Elle vivait dans l'attente depuis trop longtemps et elle ne voulait plus de cette vie-là. Le coup de fil de sa mère lui avait fait l'effet d'un électrochoc et elle comptait bien prouver qu'elle valait mieux que ça, elle se sentait remontée comme une pendule. Peut-être regretterait-elle son choix mais elle s'était connue en meilleure forme et de toute façon elle n'avait pas cent cinquante solutions sous le coude pour ne pas couler un peu plus que sa situation actuelle. Rita en était au stade où tout envoyer valser devenait salvateur. Alors que tout dans sa tête se mélangeait au fur et à mesure que les heures passaient, les effets de l'alcool ne se firent pas attendre et elle s'endormit la tête sur son bar de cuisine, ses cheveux en chignon totalement anarchique, une pantoufle à un pied et l'autre nu, son petit peignoir rose pastel à demi ouvert, laissant sortir un sein rebelle, assise comme un pilier de comptoir…

# 13.

*Lundi 6 Octobre*

*La semaine qui vient de s'écouler m'a laissé un drôle de goût. Je ne saurai dire s'il s'agit de positif, de négatif ou de quelque chose qui m'échappe complètement. Tout d'abord il y a eu tous ces bouleversements à cause de June. Nous avons passé une semaine complète à analyser le sujet, Raph et moi. On a même fait appel à un type que Raph connaît et qui traîne souvent en ville le soir. Ce mec a parfois tourné plusieurs heures dans des quartiers que l'on pensait propices au retour de June. Sans aucun résultat, rien, pas un seul indice, ce type s'est même renseigné auprès de ses propres contacts pour savoir si une certaine « June » serait connue dans les environs. Rien. Personne n'est au courant de quoi que ce soit. Pourtant je sens quelque chose. Comme si j'étais connectée à elle, comme si elle traversait des émotions que j'ai pu traverser auparavant, je ne parviens pas à l'expliquer, comme si nos deux esprits tentaient d'entrer en communication pour que je sache qu'elle est ici. Raph se moque de moi, me dit que je débloque et que si je continue comme ça il va être obligé de m'emmener loin, en vacances au soleil.*

*Et puis voilà, il y a Raph, qui se rapproche de moi. Il connaît toute mon histoire puisqu'il a vu ma déchéance à la suite de ma rencontre avec ce monstre de Teddy Barnier. Il sait à quel point je suis frileuse à l'idée de replonger dans une histoire d'amour. Raph est comme un grand frère pour moi mais visiblement il aurait envie que je sois tout, sauf sa sœur. J'en ris seule car il a parfois des façons de se comporter qui me font sourire lorsqu'il s'agit de me faire comprendre qu'il aimerait entreprendre quelque chose de plus sérieux avec moi. Il a eu tellement de conquêtes, il a un tableau de chasse assez impressionnant et je ne souhaite pas y figurer. J'ai besoin d'une relation dans laquelle je puisse m'épanouir, je ne veux plus d'un trompeur, d'un menteur, d'un tricheur. Je ne veux plus prendre le risque de voir mon cœur partir en miettes comme cela a pu être le cas lors de ma dernière histoire. Même si j'ai conscience que je n'ai pas affaire au même type de personnage, c'est non seulement mon cœur mais aussi la totalité de qui j'étais qui a volé en éclats lors de ma dernière histoire sentimentale. Je sais que Raph n'a rien à voir avec Ted, mais je préfère me laisser un temps de réflexion et me dire que si nous devons vivre autre chose que de l'amitié, nous le vivrons, peu importe quand ou comment. On m'a toujours dit que ceux qui doivent être ensemble finissent toujours par se retrouver, d'une façon ou d'une autre, que la vie rapproche et rassemble les âmes jumelles.*

*Ce matin, je vais chez Edna. Nous allons travailler sur la suite de son livre. Comme pour la séance précédente, elle va me questionner et je vais lui répondre de la façon la plus franche qui soit. Elle avait prévu d'effectuer une dizaine de séances, de base, pour avoir tous les éléments nécessaires pour l'étude du cas de Ted, peut-être cela lui suffira-t-elle, peut-être nous verrons nous moins, ou plus. C'est d'ailleurs June qui avait suggéré à Edna de me contacter lorsque celle-ci avait évoqué avec June le projet de son livre. Cette idée m'avait d'ailleurs interpellé : June consultait Edna, mais pour quel type de sujet ? Je n'avais jamais osé demandé à June mais l'idée m'était revenue plusieurs fois à l'esprit. Nous étions très amies et malgré tout, il y avait certaines choses qui la rongeait tellement que cela l'obligeait à consulter. Je m'étais alors dit que chacun avait le droit d'avoir son jardin secret. Et plus encore, je me suis souvent demandé : comment June eut-elle l'idée de diriger Edna vers moi ? Comment savait-elle que je correspondais aux critères de la psy pour ses recherches ? Edna cherchait alors quelqu'un pour parler des manipulateurs à tendance pervers narcissiques mais comment June avait-elle jugé que je serais la bonne personne pour parler de ce genre de choses ? Et si on creuse un peu plus, comment pouvait-elle être certaine que Ted présentait toutes les caractéristiques de cette pathologie ? Il fallait à mon humble avis bien connaître la personne pour pouvoir jauger, et à part ce que je lui racontais lorsque je me confiais à elle, en quoi le connaissait-elle suffisamment pour affirmer que Ted et moi serions un témoignage propice aux écrits de la psy ?*

*J'ai toujours gardé ces questions dans un petit coin de ma tête mais je dois avouer qu'elles sont souvent revenues au-devant de toutes mes interrogations. Je n'en ai d'ailleurs jamais parlé à June car je ne sais pas si elle aurait compris mes doutes, mes craintes, et mon besoin de savoir, et j'avais vraiment peur de lui parler de tout ça. J'ai toujours craint qu'elle ne le prenne mal.*

*Quand tout sera fini, peut-être accepterai-je finalement la proposition de Raph à partir en vacances au soleil. Cela ne pourra pas me faire de mal. Et puis qui sait, peut-être cela me permettra-t-il de connaître Raph sous un autre angle... Je me dis souvent qu'il est temps pour moi de refaire ma vie. J'ai eu le malheur de devoir jeter aux oubliettes six ans de mon existence par nécessité, je ne veux pas perdre plus de temps que je n'ai déjà perdu. J'ai le devoir de rattraper le temps gaspillé, j'ai à présent toutes les cartes en mains pour le faire. Et plus les jours passent, plus je me sens forte pour entamer une vie nouvelle et je ne suis pas aveugle non plus, je vois bien que Raph serait ravi de faire partie de cette nouvelle vie. Après tout c'est quelqu'un d'adorable, de très équilibré, de travailleur, de raisonnable. En fait si on y réfléchi bien il a des tonnes de qualité... il a même toutes les qualités que je trouve essentielles à un homme. « Essentielles » est un bien grand mot, disons appréciables. Raph est l'opposé parfait de Teddy Barnier. Je dois bien avouer être encore écorchée de mon précédent compagnon mais je dois me rendre à l'évidence : le temps tourne, la vie passe et personne n'est éternel. Je pense laisser faire les jours qui viennent et m'ouvrir à ce qui pourrait m'arriver. Et j'ai bien conscience qu'après la souffrance infernale que j'ai traversé, ce qui peut éventuellement m'arriver dans les prochains jours, dans les prochaines semaines ou dans les prochains mois, ce n'est rien d'autre que le bonheur...*

# 14.

Edna m'attendait comme à son habitude dans son superbe cabinet, dont la salle d'attente me donnait à chaque fois la drôle d'impression d'être au musée. Je restai contemplative devant ses somptueux tableaux, comme à chaque fois, devant la clarté des lieux, devant la sérénité des locaux. Venir consulter le Docteur Simmons devenait un plaisir. C'était en quelques sortes ma petite sortie hebdomadaire. C'était presque comme rendre visite à une bonne copine au bout du compte. Je ne le prenais même pas comme un rendez-vous médical au sens rébarbatif du terme mais plutôt comme une sortie au sens de la distraction.

J'allais à ma séance de travail avec l'envie de transmettre un peu de mon histoire à quelqu'un qui était intéressé par ce qui m'était arrivé. Je trouvais plaisant que bientôt un récit inspiré de mon vécu verrait le jour et pourrait être lu et connu par des millions de personnes. Je trouvais judicieux qu'une personne représentant une profession médicale puisse s'inspirer d'un témoignage de l'un de ses patients afin de renseigner et d'expliquer à des milliers voir des millions de personnes, une pathologie, un cas de figure bien précis. D'autant que cet ouvrage, j'en étais certaine, pourrait servir à un grand nombre de femmes et même d'hommes qui auraient vécu une histoire similaire à la mienne. Et je me sentais quelque peu fière de livrer mon récit, en sachant que le but était d'en faire part au plus grand nombre et que cela pourrait sans doute aider. Je me sentais utile. C'était une très bonne sensation. J'avais même songé depuis ma rencontre avec Edna à m'engager dans une association pour femmes maltraitées. J'avais à présent envie d'aider des personnes qui n'avaient pas eu ma chance de se sortir des griffes d'un manipulateur aussi facilement. « Facilement » était évidemment à prendre à la légère, il fallait bien reconnaître que j'étais loin d'être le pire des cas.

Aujourd'hui, il était prévu que je donne plus de détails concernant ma vie de couple avec Ted et plus précisément de notre relation lorsque Ted a commencé à être quelqu'un d'autre, lorsque le masque s'est mis à tomber, lorsqu'il a commencé à me dévoiler son vrai visage. C'est à dire relativement rapidement. Mais entre le moment où le masque est tombé et le moment où j'ai réussi à quitter cette ordure, six douloureuses années se sont écoulées. Six longues années durant lesquelles j’ai cherché à tout prix un moyen de partir. Six années épouvantables pendant lesquelles je n'entendais un compliment que lorsque celui avec lequel je vivais avait besoin de subvenir à ses désirs d'homme. Soixante-douze mois horribles au cours desquels je me réveillais chaque matin avec les yeux déjà embués de larmes, avec le cœur noyé de chagrin, avec la tête qui me faisait atrocement souffrir d'avoir encore trop cogitée la nuit pour trouver un moyen de partir.

Je n'avais aucun ennemi si ce n’était Ted, mais je n'ai depuis tout ça jamais souhaité à qui que ce soit de vivre une torture pareille. Il n'y a rien de pire que de vivre aux côtés d'une personne qui vous fait savoir, chaque jour que Dieu fait, que vous n'êtes rien, que vous ne servez à rien, que si vous n'existiez pas, tout serait mieux, que les choses seraient plus simples et la vie plus belle. Il n'y a rien de pire que d'entendre de la bouche de l'homme que vous aimez qu'il ait accepté de vivre avec vous parce que vous lui faisiez pitié quand il vous a rencontré, mais qu'il le regrette tellement qu'il n'a plus de mot à mettre sur ses impressions. Rien de plus douloureux que d'entendre que vous êtes transparente, laide, et que personne ne pourra jamais vous aimer tant vous attisez le contraire de l'amour. Tout cela, ce ne sont que des exemples de quantités incroyables de tout ce que j'ai pu entendre chaque jour où j'ai vécu à ses côtés.

Au début de notre relation, j'ignorais que ce genre de personnes pouvait exister. J'en voyais oui, dans des films et des séries à l'eau de rose, mais je n'avais jamais fait le rapprochement avec le genre d'homme qu'était Teddy Barnier. L'homme que j'aimais ne pouvait tout simplement pas être de cette graine-là. Si j'avais su que l'amour pouvait être à ce point destructeur, je n'aurai jamais postulé pour ce foutu job de comptable, ainsi je n'aurai jamais de ma vie croisé sa route. Destructeur parce qu'il rend complètement aveugle, parce que j'ai mis des années avant de m'apercevoir du bourbier dans lequel j'étais fourrée, parce que je n'ai pas cru un seul instant les mises en garde de personnes qui tentaient de m'avertir, parce que je suis restée impuissante tant qu'il y avait des sentiments et tant que je n'ai pas été totalement dégoûtée de lui, je n'avais pas la présence d'esprit ni la force de réagir. Destructeur parce que je me suis volontairement et à la demande de mon bourreau, éloignée et coupée de chaque personne qui pouvait m'aider à aller mieux et à m'en sortir.

C'est tout ça qu'Edna allait me demander aujourd'hui, en creusant un peu plus dans les détails et j'avais bien l'intention de lui donner. Le simple fait de me souvenir de ces détails fit naître en moi beaucoup de colère, au point que je parvins même à me souvenir d'autres détails que je pensais avoir oublié.

Je m'installai comme à l'habitude sur le petit canapé. Edna arriva avec un café et me l'offrit. Je la remerciai en souriant et nos regards se croisant, je me plus à trouver dans ses yeux un apaisement, une certaine quiétude. Elle prit place face à moi et commença :

- Comment allez-vous Lisa ?

- Très bien merci. J'ai pu prendre le temps de réfléchir à ce dont nous allons parler aujourd'hui et je me sens prête.

- Parfait. Donc, quand vous vous sentirez prête, vous répondrez à mes questions, fit-elle en faisant claquer le bout de son stylo sur son calepin pour en faire sortir la mine.

Je respirai et expirai doucement, puis je lançai un dernier regard à Edna pour lui signifier ma volonté à démarrer la séance.

# 15.

*6 ans plus tôt...*

Je venais de me réveiller. Ma tête avait la lourdeur d'une enclume et je peinais à sortir de la torpeur de mon réveil difficile. Pourtant, d'ordinaire, j'avais toujours eu un sommeil facile, équilibré, et des réveils plutôt aisés. Mais depuis quelques mois, je dormais vraiment mal, je me réveillais trois à quatre fois par nuit, j'avais des nausées en me couchant et des vertiges en me levant. J'avais consulté un médecin qui m'avait posé beaucoup de questions sur mon mode de vie pour comprendre si je n'avais pas une carence ou un dérèglement particulier, mais tout avait semblé normal sur les analyses, il m'avait alors prescrit une cure de magnésium en comprimé, censée me redonner un coup de fouet. Son remède miracle n'avait jamais vraiment fait effet et pour cause, ce n'était pas mon taux de magnésium qui avait chuté à ce moment-là. La cause n’avait, d’ailleurs, rien à voir avec tout cela.

Je sortis de mon lit avec difficulté. Je remarquai

immédiatement l'absence de Ted dans le lit. Sans doute s'était-il levé depuis un moment. Il aimait se lever bien avant moi, pas nécessairement pour préparer le petit déjeuner ou s'occuper du logement, mais tout simplement pour prendre son petit déjeuner seul. Je le trouvais souvent attablé avec sa tasse de café chaud et le journal. Nous partions alors au bureau en décalé, lui le premier et moi environ trente minutes plus tard. Ce matin était similaire aux autres, j'arrivai dans la cuisine, je le retrouvai assis à table, je lui lançai « Bonjour » avec affection en m'approchant de lui et en déposant ma main sur son épaule, mais j'eus comme à l'habitude, un retour de sa part en fonction de ses envies et de son humeur. Parfois même, il m'était impossible d'obtenir la moindre réponse. Il arrivait fréquemment qu'il se comporte comme si personne ne venait de faire irruption dans la pièce. Qu'il continue de lire son journal, de boire son café, de tout faire exactement comme s'il ne me voyait pas, comme si je n'existais pas. Ce matin-là, il décida de ne pas me répondre et m'ignora totalement.

Mes angoisses partaient de là. Ted et moi vivions ensemble depuis six mois et j'avais constaté une dégradation de notre relation voilà déjà plusieurs semaines. En fin de compte tout a commencé à partir de travers dès lors que nous avions emménagé ensemble. Nos trois premiers mois de relation avaient été fabuleux, merveilleux, idylliques. Je n’avais jamais été traitée avec autant de délicatesse, de précaution, de douceur. Tout avait été si parfait. Je n'avais pas le temps de dire que j'avais faim que nous nous retrouvions au restaurant, je n'avais pas le temps de m'exclamer sur une paire d'escarpins en vitrine d'une boutique qu'elle était déjà dans mon placard, tout était en ma faveur, tout allait dans mon sens, j'étais pourrie gâtée, j'étais aimée, j'étais choyée et protégée. Un jour de repos offert par-ci par-là, une journée en bateau rien que nous deux, pour nous détendre, une journée en thalasso de temps en temps, je me régalais. De mémoire, on n'avait jamais autant pris soin de moi. Ted était poli avec tout le monde, serviable, il était même un peu plus souriant au bureau, mais bizarrement, j’étais la seule à avoir droit à ce sourire. Ce qui n'était pas pour me déplaire.

J'avais l'exclusivité totale sur tout : son sourire, sa personnalité, son amour, le sexe. Et quel amant ! J'ai toujours été surprise par l'imagination de Ted au lit. Inventif et plein d'initiative. J'avais rarement pris autant de plaisir et de façon si régulière, et plus il me faisait l'amour, plus j'avais envie de lui. Dans les débuts de notre histoire, nous aurions pu faire ça toute la journée, nous avions envie l'un de l'autre partout et tout le temps. Nous faisions l'amour dans toutes les positions possibles et imaginables, nous laissions libre cours à nos envies si bien que nos étreintes étaient à chaque fois plus passionnées que les fois précédentes. C'était une vraie drogue. Parallèlement, nous avions également une relation sentimentale épanouie. Tout était parfait. Bien qu'à ce moment déjà Ted avait montré quelques déviances sexuelles : il adorait me mettre en scène et j'avais à de nombreuses reprises été bouleversée, gênée et humiliée par des jeux sombres qu'il me proposait.

Ted m'avait initiée au jeu de la baignoire. Un moment qui m'avait laissée bête la toute première fois, et que j'avais fini par craindre. Lorsqu'il évoquait la baignoire les fois suivantes, je devenais mal à l'aise et je savais que ce genre de jeux ne me convenaient pas. La toute première fois, il avait proposé de me faire couler un bain pour me détendre, prétextant que cela me ferait du bien et effacerait les signes de stress que je montrais. Des bougies, une lumière tamisée. Une ambiance délicate, romantique. Et la honte.

Lors de ces instants que j'avais fini par redouter, je me plongeais dans l'eau chaude et parfumée que

Ted m'offrait. Convaincue d'être sur le point de passer un instant plaisir avec celui que j'aimais, j'avais la première fois, attendu qu'il me rejoigne. Il était revenu dans la pièce en effet quelques instants plus tard. Habillé. Les mains pleines de jouets pour adultes. Jouets qu'il m'avait lancés dans la baignoire en exigeant de moi que je m'amuse seule devant lui, à présent. Si j'avais cru qu'il était possible en de tels moments d'être traversée par autant de honte, je me serai cachée bien en avance. Alors, il regardait quelques secondes mon corps honteux exécuter sa demande hideuse, sortait de la pièce et revenait une ou deux minutes plus tard pour s'assurer que je ne me sois pas interrompue, regardant mon spectacle forcé de ses yeux pleins de vice, de satisfaction et de plaisir, d'avoir soumis mon corps meurtri de la sorte.

J'aurai longtemps souvenir que la toute première fois, ce jeu, bien qu'il m'avait surpris et fortement déplu, ne m'avait pas tant choquée. Ce n'est que bien trop tard que j'allais comprendre que par l'asservissement de mon corps, Ted prenait son plaisir. Un plaisir terrible que je ne partageais pas, et qu'il me réclamait avec colère si je ne m'exécutais pas. C'est dans ces instants que je comprenais que mon Ted me réservait quelques surprises. Des surprises mêlant la soumission, la honte, la dégradation, l'avilissement, mais aussi les doutes et la peur.

Pourtant, à côté de ces jeux sombres, Ted montrait patte blanche. Et ainsi, je devais toujours lire entre les lignes, m'adapter à lui. Là, mes premiers doutes naissaient sans que je ne m'en rende compte. Un jour j'étais un jouet sans valeur, le lendemain j'étais sa princesse. J'avais des marques d'affection, d'attention, des cadeaux, j'avais souvent droit à des week-ends privilégiés lors desquels nous visitions des lieux improbables, époustouflants, magiques, que je n'avais de ma vie jamais vus et dont j'ignorais que la beauté puisse exister. J'étais choyée. Alors, au milieu de ses effrayantes surprises, je ne voyais que le bon côté que Ted avait à m'offrir de lui. Tout était normal à mes yeux. Parfait et normal. J'étais heureuse. Je croyais être heureuse.

J'étais si heureuse et j'avais tant besoin de partager mon bonheur qu'un jour, j'avais téléphoné à ma sœur pour prendre de ses nouvelles. Carla vivait loin de moi et l'avoir au téléphone était tout simplement indispensable pour moi. En lui racontant ma relation avec Ted, elle avait justement trouvé que tout semblait trop parfait. Je me souviendrai toute ma vie des propos qu'elle a tenu ce jour-là : « Ce n'est pas possible Lisa, soit il en a une autre, soit c'est un psychopathe ! ». J'avais beaucoup ri à sa réponse mais j'étais loin de me douter que les deux suppositions étaient autant valables l'une que l'autre, et que je n'allais pas tarder à l'apprendre à mes dépends.

Voilà que trois mois après le début de notre relation, nous commencions à être en léger désaccord parfois, en conflit de temps en temps. J'avais laissé mon appartement, à sa demande, pour m'installer chez lui, ce que je trouvais déjà être un engagement certain en soi, et cette vie nouvelle me convenait. Mais le ton de Ted changeait au fur et à mesure que les jours passaient. Quelques-uns de ces propos et demandes me choquaient. Un soir, alors que nous discutions de la journée de travail sur le canapé, assis face à face, je m'apprêtais à filer sous la douche lorsque Ted se mit subitement à me parler de ma contraception : « Dis-moi Lisa, je voulais te demander... Tu l'as toujours cette pilule ? Je veux dire tu la prends encore ?

- Bien sûr je la prends toujours ! répondis-je avec force.

- Eh bien, j'aimerais que l'on en discute, je pense qu'il serait temps que tu l'arrêtes non ? me lança-t-il totalement sûr de lui.

- Ted mais de quoi parles-tu ? Cela fait seulement

trois mois que nous sommes ensemble, c'est un peu tôt pour aborder ce sujet un peu sensible tu ne crois pas ?

- Je ne suis pas d'accord, se vexa-t-il, alors ça veut dire quoi ? Que tu n'es pas sûre de rester avec moi ?

- Ted non, bien sûr que non, seulement c'est un sujet délicat et je pense que nous devrions attendre, répondis-je en me voulant rassurante.

- Attendre quoi, hein Lisa ? Il se leva brusquement du canapé et s'approcha de moi pour finir collé complètement à mon nez, son visage venait de changer. Je n'aime pas attendre et je ferai tout pour te faire changer d'avis. J'ai été assez patient tu ne trouves pas ? Et puis tu as eu tout ce que tu voulais ! Tu pourrais au moins être attentive à ce que moi je veux aussi ! Il m'embrassa puis passa ses mains autour de ma taille, il se radoucissait.

- Je dis simplement que nous devrions nous laisser un peu plus de temps, dis-je en passant ma main sur sa joue et en m'extirpant pour aller à la douche.

En me dirigeant vers la salle de bain, je pouvais sentir son regard me suivre. Ce regard qui scrutait mon corps se mouvoir pesait lourd et je me sentais presque menacée. La réaction qu'il avait eu à la suite de mon refus m'avait fait peur. Je trouvais ce genre de sujet totalement prématuré et quand bien même je m'opposais à ce que le premier venu me mette enceinte, j'aurai souhaité qu'il ne se sente pas piqué au vif de la sorte. Je me souviens que cette fois-ci ma douche avait duré au moins vingt minutes, j'avais pris le temps de réfléchir sous l'eau chaude qui coulait le long de ma colonne vertébrale, la tête pleine de questions, de zones d'ombres, de doutes. Pourquoi avait-il ressenti le besoin de me parler de ça ? Et sur ce ton ? Pourquoi avait-il affirmé avoir été assez patient ? Pourquoi avait-il tant besoin de se presser ainsi ? Pourquoi s'offenser ? J'avais trouvé sa réaction totalement démesurée, j'avais eu cette impression désagréable d'avoir un enfant gâté frustré en face de moi, à qui l'on aurait refusé son tout dernier caprice.

Ce matin-là, je fis réchauffer mon café au four à micro-ondes. Au moment où je m'assis à table, Ted se leva. Cela m'avait vexée et j'eus l'impression que ma présence l'avait gêné dans son moment de tranquillité. Je décidai de ne rien dire et de le laisser faire. Il avait laissé sa tasse et son journal sur la table et je lui fis remarquer, surtout pour son journal, qu'il terminait de lire au bureau : « Bah tu peux les enlever, non ? Tu sais au moins faire ça ? » me lança-t-il avec dédain, à la suite de quoi il prit sa veste, ses clés, et sortit. J'entendis la voiture démarrer quelques secondes plus tard, bus une gorgée de café et me surpris à essuyer une larme qui roulait sur ma joue. Je ne l'avais même pas senti venir.

Je décidai d'aller me maquiller et m'habiller. Ma sœur m'avait toujours dit « Quand tu as une baisse de moral, n'oublie jamais que les fringues sont les meilleures amies de la femme ». Je m'appliquai donc à choisir une tenue qui me convint ce jour-là et à me poudrer le nez. J'habillai mon regard de fard à paupières prune et de mascara et ma bouche se trouva parée de rose irisée. Lorsque j'arrivai au travail, je me rendis dans le bureau de Ted qui était déjà affairé sur des dossiers. Après avoir frappé à la porte, j'entrai timidement, puis je lui lançai un petit « Coucou, je peux te voir deux minutes ? ».

- Je n'ai pas beaucoup de temps à t'accorder, deux minutes pas plus si tu veux, mais fais vite j'ai un rendez-vous qui va arriver, s'enquit-il.

- Bien. Je t'ai senti irrité ce matin, je ne sais pas pourquoi, alors j'aurai aimé que tu m'expliques.

- T'expliquer quoi Lisa ? Tout va bien, je suis un peu fatigué en ce moment voilà tout, j'ai tout de même un boulot très prenant tu ne crois pas ? me rétorqua-t-il sèchement et sans décoller le nez de son écran d'ordinateur.

- Ted je vois bien qu'il y a autre chose, parle-moi, dis-moi si j'ai fait quelque chose qui ne t'as pas plu ou même blessé.

- Non rien de spécial, vraiment, me dit-il avec un sourire un peu hypocrite. Mais tiens ! Moi aussi... Il fallait que je te demande quelque chose. Ce soir il y a une soirée latino dans ce club, tu sais cet espèce de bar cubain... Le Havana !

- Oui et ?

- Je souhaite m'y rendre ! Plusieurs clients et potentiels clients importants vont y aller. De gros clients Lisa.

Il se leva de son bureau et s'approcha doucement de moi en reboutonnant sa veste de costume d'un gris foncé ultra chic, comme à son habitude.

- Et bien vas-y, si cela peut te permettre de te détendre un peu, lui souris-je amoureusement.

- Je veux que tu viennes avec moi ! Imposa-t-il.

- Que je vienne ? Mais si c'est une sortie professionnelle Ted, ne vais-je pas m'ennuyer ? Ne vais-je pas te déranger ?

- Non Lisa, au contraire, tu me ferais plaisir en étant présente à mes côtés ce soir, et tu seras même importante car j'ai une mission à te confier...

En prononçant ces mots, il s'était fait plus mielleux que jamais et m'embrassa langoureusement en me caressant le visage, ce qui m'avait émoustillé au point que j'eus subitement envie qu'il me fasse l'amour là, tout de suite, sur son bureau. C'était un des mystères de Ted. Il me faisait douter, mais me rendait folle de lui. Il m'énervait et faisait renaître la flamme. Il était désagréable au possible et revenait tout ronronnant le soir en rentrant. Il se comportait comme un mufle puis revenait avec un bouquet de roses, une boite de chocolats et m'affirmait que j'étais la seule et l'unique, la plus belle et la plus intelligente. Il me cassait en public dans des petites phrases qui passaient presque inaperçues aux oreilles de son auditoire, et trouvait toujours un moment pour revenir sur ses propos et certifier que sans moi il n'était rien. Il avait le pouvoir de semer le trouble dans mon esprit afin que je sois totalement persuadée que quelque chose n'allait pas, puis me tourner la tête quelques minutes plus tard au point de me rendre amoureuse comme lorsque j'avais quinze ans. C'est simple, Ted me faisait faire l'ascenseur émotionnel chaque jour. Et même si je n'en parlais que peu ou pas du tout, c'était très fatigant. Je dirais même épuisant, car je devais toujours m'adapter. Il fallait toujours lire entre les lignes, deviner, supposer, relativiser, questionner, et bien plus encore, lorsque le ton montait il fallait adoucir tout ça, tempérer, et sans cesse encore s'adapter... Ted était un maître dans l'art de jouer avec mes émotions et mes pensées. Si ce n'était que mes émotions ou mes pensées, cela aurait été une bien moindre affaire, mais il s'était également révélé le maître des maîtres pour jouer avec qui j'étais au sens très large du terme. Si je pensais A à la seconde 1, je me retrouvais à penser B à la seconde 4. Et sans même m'en rendre compte. C'était un jeu sans fin dans lequel il excellait et dans lequel j'ai bien failli y laisser ma peau.

Dans des moments comme celui-ci, je venais le voir pour discuter avec lui, convaincue qu'il était fâché étant donné son comportement quelques heures auparavant, et je quittais généralement son bureau sans savoir pourquoi j'étais venue, ni même sans me souvenir qu'il avait eu une attitude odieuse le matin même. Le simple fait qu'il me parle en noyant son regard profond dans le mien, en me parlant de sa voix suave et en m'embrassant fougueusement et sensuellement comme il savait si bien le faire, me faisait tout oublier.

On frappa à la porte. Un homme d'une cinquantaine d'années avec la classe de Ted entra dans son bureau. « On se voit tout à l'heure » me lança-t-il avec un sourire d'amour et un petit clin d'œil. En quelques minutes, il avait dissipé tous mes doutes et je quittai son bureau pour me rendre dans le mien, la tête pleine de petits cœurs et le ventre plein de papillons. J'oubliai même de saluer le rendez-vous de Ted qui venait d'entrer dans son bureau, ce qui me fit passer pour la cruche de service en quelques secondes.

J'étais sa potiche, son jouet, sa chose. Il me prenait, me jetait, me rattrapait, me délaissait, et moi j'en redemandais encore et encore. N'importe qui affirmera que de rester avec une personne qui vous rend chèvre de la sorte relève du masochisme, mais je certifie que ce type de personne vous rend si aveugle que vous ne vous rendez compte que vous êtes un jouet seulement le jour où quelqu'un d'extérieur vous le fait remarquer. Vous ne pouvez pas le voir de vous-même. Ou cela prend des années. Plus encore, vous le niez. Vous êtes tellement dépendant affectivement que vous vous fichez des sautes d'humeur de l'autre et apprenez à vivre avec. Pour ma part, je voyais bien le caractère de Ted, mais tous ces défauts que les autres pouvaient lui attribuer, lui me les attribuait, à moi. Le jeu de la manipulation était en marche mais je ne m'apercevais de rien.

La consultation avec Edna se poursuivit, elle prenait des notes de façon très studieuse et ponctuait la séance de travail de quelques interrogations par-ci, par-là. Alors qu'elle m'écoutait parler tout en notant sur son petit calepin, elle me posa une question à laquelle je m'attendais malheureusement : « Racontez-moi cette soirée au club latino, j'imagine qu'elle n'a pas été sans heurt. Que s'est-il passé ? »

# 16.

Le bruit de quelqu'un qui frappait à la porte avec insistance sortit Rita de son profond sommeil. La tête enfarinée, elle se releva non sans mal de son bar entièrement retapissé de mégots de cigarettes. Dans un sursaut, elle se tourna vers la porte, réalisant péniblement que quelqu'un tambourinait derrière. Elle se rua vers la porte pour regarder à travers le judas. Lorsqu'elle aperçut Teddy Barnier, elle se mit la main sur la bouche comme pour étouffer un cri. Elle ferma les yeux très fort puis les ouvrit à nouveau. Ted était toujours là. Derrière la porte, il frappa encore une fois puis lança « Rita, je sais que tu es là, allez ouvre, voyons. »

Complètement prise au dépourvu, Rita se rua vers le comptoir de sa cuisine d'où elle mit rapidement à la poubelle les mégots de cigarettes, ferma son ordinateur et le jeta sous un coussin du canapé, ouvrit une fenêtre et passa un rapide coup de lingette senteur agrumes sur le bar de la cuisine, pour enlever cette abominable odeur de tabac froid mélangée à celle du bourbon, le tout en à peine cinq secondes. Consciente qu'elle n'avait pas le temps de se refaire une beauté, elle lâcha ses cheveux puis courut enfiler son peignoir. Elle attrapa un mouchoir au passage puis vint ouvrir la porte en faisant semblant de se moucher. Donner l'air malade, c'est bien tout ce qu'elle avait trouvé face à une telle urgence.

- Ted ! fit-elle bêtement. Ça alors. Que fais-tu là ?

- Ma Rita... Rita chérie... Je savais que tu serais ravie de me voir. Surtout après le message que tu m'as envoyé hier. Il avança et Rita recula. En fermant la porte il ajouta : Et alors ma belle, peut-on savoir ce qui se passe ?

- Ted... Je suis un peu malade, si tu n'y vois pas d'inconvénient, je préfère qu'on se voie à un autre moment. Demain par exemple ?

- Malade... hum... je vois, lança-t-il en jetant un coup d'œil inquisiteur à la bouteille de bourbon oubliée sur le bar.

- Oh, ça non ce n'est pas ce que tu crois... se justifia la jeune femme, prise sur le fait.

- Écoute Rita... dit Ted en la prenant par les deux mains pour aller s'asseoir sur le canapé. Je sais que je n'ai pas toujours été correct avec toi. Je t'ai fait attendre, je t'ai fait espérer, je t'ai sans doute blessé et j'en suis profondément désolé.

- Oui Ted en effet, je ne vais pas te dire le

contraire, je me suis sentie blessée, c'est le mot juste. Et pour ce message, c'est juste que...

- Chut ! Ne dis rien, fit Ted en lui mettant le doigt sur la bouche et en plongeant son regard dans le sien. Je sais que tout n'est pas perdu, je suis capable de faire beaucoup mieux que tout ça, hein Rita tu le sais ? Dis-moi que tu le sais !

- Oui je sais que...

- Je sais à quel point parfois il m'arrive d'être un peu compliqué, mais je ne suis pas un méchant homme et vraiment je te demande pardon. Tu sais, cela fait un moment que l'on se connaît toi et moi et j'ai toujours su à quel point tu serais importante dans ma vie. Importante, que dis-je, essentielle. Et quand j'ai reçu ton message hier ça m'a fait un électrochoc, je veux tout sauf te perdre, et je veux ton bonheur avant tout. J'ai toujours su que tu étais celle dont j'ai besoin. Sans toi, ma vie n'a pas de sens.

Rita fondait à mesure que Ted parlait. La haine présente dans son cœur la veille disparaissait peu à peu sous ses compliments. Elle perdait pied. Elle se noyait dans son discours et aurait pu l'écouter toute la journée. Soudainement, elle n'avait d'yeux que pour lui et buvait chacune de ses paroles. Le ciel aurait pu leur tomber sur la tête, elle ne l'aurait guère remarqué. Elle n'attendait qu'une chose c'était de pouvoir renouer avec lui. Elle s'en voulait même de l'avoir quitté par texto la veille au soir et culpabilisait à présent terriblement. Mais Ted était très fort pour revenir et séduire. En quelques secondes, elle se sentait retomber amoureuse. Et lui, il gagnait une nouvelle emprise sur elle, sans qu'elle ne puisse faire quoi que ce soit pour lutter.

- Ted, je voulais discuter avec toi, mais je ne savais plus comment m'y prendre alors je suis tombée dans l'excès, peut-être aurai-je dû te téléphoner...

- Chut ! Rita ce n'est pas grave, surenchérit Ted en lui plaçant un doigt sur la bouche, ce n'est pas ta faute, c'est entièrement la mienne, j'aurai dû le faire plus tôt, mais je crois que je ne savais pas comment m'y prendre non plus, et à cause de ça, j'ai bien failli te perdre à tout jamais...

- De quoi parles-tu ? Que voulais-tu faire Ted ?

- Rita, dit-il en sortant une petite boîte de sa poche, je crois qu'il est grand temps que nous vivions notre amour pleinement et officiellement.

Il ouvrit le magnifique écrin rouge en prononçant la formule magique et les yeux de Rita se mirent à briller. Elle fondit en larmes et Ted se mit à sourire. À la suite de cette demande, qu'elle accepta sans réfléchir plus d'une seconde, Rita invita Ted sous la douche qu'elle prétendit n'avoir pas encore pris, et ils firent l'amour jusqu'à épuisement. En vingt minutes seulement, sa volonté de s'en sortir venait de s'envoler et elle se retrouvait fiancée à l'homme qu'elle avait plaqué le jour d'avant. Une situation plutôt rocambolesque dont sa mère ne s'enthousiasmerait certainement pas, en sachant que cette dernière avait tenté de raisonner sa fille et n'avait plus de solution à lui offrir, si ce n'était la menacer pour la faire réagir.

# 17.

Ted m'avait demandé de revêtir une robe assez échancrée sur un côté et un brin décolletée. Il m'avait aussi suggéré de soigner ma coiffure et mon maquillage, et de ne surtout pas oublier un accessoire ou deux afin de donner du goût à ma tenue. J'avais choisi une robe dans les tons de rouge et le maquillage était assorti. Pour les accessoires, une paire de créoles argentées assez larges et un bracelet scintillant avaient aisément trouvé leur place avec ma tenue. Lui s'était habillé de façon très élégante dans un impeccable costume gris clair avec une chemise blanche en dessous, et avait même plaqué ses cheveux en arrière à l'aide d'un peu de gel, lui conférant plus de charisme qu'il n'en avait déjà.

Dans la salle de bains, alors que j'ajustai mes créoles face au miroir, Ted arriva derrière moi. Il mit ses mains sur mes hanches, m'embrassa dans le cou et me chuchota qu'il me trouvait vraiment très séduisante. Ses baisers se firent de plus en plus passionnés, je fermai les yeux pour les déguster. Il me retourna face à lui, me fit m'asseoir sur le rebord du lavabo en me soulevant par les cuisses, remonta ma robe et me fit l'amour avec force. Comme à chaque fois, il n'y avait plus rien autour et je pris plus de plaisir encore que nos fois précédentes. Il était surprenant et j'aimais nos étreintes rapides et soudaines comme celle-ci, cela donnait du caractère à notre relation.

Lorsque nous étions rassasiés l'un de l'autre, nous nous remettions propres et quittions l'appartement. Avec une demi-heure de retard, certes, mais détendus et prêts à passer une bonne soirée.

Nous arrivions donc au Havana alors que les festivités avaient déjà démarré. Mais qu'importe. Ted adorait arriver quand tout le monde était déjà là, ainsi il était regardé, et c'est tout ce qui lui importait. Être vu, peu importe ce que les gens pensaient, ce qu'il voulait, c'était qu'on le voit, qu'on l'admire, il aimait plus que tout se pavaner devant les gens et quoi de mieux pour son ego que d'arriver en dernier à une soirée, accompagné par une femme très apprêtée et d'être regardé par tout le monde ? Lui en tout cas s'en délectait.

Dans le club, la musique cubaine donnait à la

soirée une note extrêmement chaleureuse et j'aurai volontiers dansé immédiatement. Mais Ted avait un autre plan pour moi. Alors qu'il venait de nous commander un mojito, il me chuchota : « Tu vois le type assis là-bas avec trois mecs en costards ? Lui, il va sans doute être client chez nous. Il est très dur en affaires et je compte vraiment sur toi pour le détendre. » Là, le ton était donné. Alors que la charmante serveuse aux cheveux noirs et bouclés déposait les boissons sur le comptoir avec son sourire exotique, et que Ted me tendait mon verre avec une moue charmeuse, je venais juste de comprendre pourquoi il m'avait fait venir.  Il était donc sérieux quand il parlait l'autre jour d'une mission pour moi lors de cette soirée. Faire la poule de luxe. Tu parles d'une mission. Quelle serait la prochaine étape ?

Après quinze minutes à discuter, je lui demandai notamment pourquoi il avait tant besoin que je roucoule comme une idiote autour d'un brillant homme d'affaires pour qu'il l'ait en client au cabinet. Il me répondit simplement que ce type possédait pas moins de huit entreprises, toutes plus lucratives et juteuses les unes que les autres et que s'il venait à devenir client chez Ted, au vu de la quantité astronomique de mouvements financiers que représentaient ces huit entreprises, ce patron à lui seul assurait un beau revenu mensuel à la société de

Ted. Je renouvelai ma question, insistant sur le fait que je ne voyais pas en quoi je pourrai être utile. Ted répliqua que cet homme était extrêmement sensible aux charmes des femmes, et que coureur comme il était, il ne lui faudrait pas grand-chose pour lui décrocher un rendez-vous au cabinet, et que pour le reste, Ted en ferait son affaire, le tout étant de l'attirer dans nos filets.

Je trouvais évidemment l'idée tordue à souhait et il ne me plaisait guère de devoir dandiner des fesses devant un illustre inconnu afin de faire décrocher un nouveau contrat à l'homme que j'aimais. J'étais si éprise de Ted que je ne parvins même pas à lui refuser cette faveur douteuse. Il me certifia que j'étais si extraordinaire que quinze malheureuses minutes me suffiraient à faire basculer cet idiot de notre côté. Il me répéta un bon nombre de fois que ma beauté me porterait chance et que je serais remerciée comme il se doit. Il ne cessait de me dire que de toute façon tout me réussissait au point qu'il était impossible que je ne parvienne pas à faire ce qu'il me demandait.

Je décidai alors de commander un second mojito. Ted fit de même. Je trinquai avec lui. Il soutint mon regard comme pour m'encourager. J'avalai une gorgée de mon breuvage et me décidai à aller accoster la bête. D'une démarche on-ne-peut plus féminine et assurée, je m'approchai de la table où se tenait ma pauvre victime et ses invités. Pas de chance pour moi, je manquai de m'étaler sur le somptueux parquet du coin V.I.P où je m'apprêtai à me rendre, n'ayant pas fait attention à une toute petite marche traîtresse qui se trouvait juste devant mon prochain pas. Tellement concentrée sur le personnage que je devais convaincre ce soir-là que je ne regardais même pas où je mettais les pieds. Je jetai un petit œil derrière moi et Ted se tenait la tête entre les mains, dépité par ce que je venais de faire. Fort heureusement il était le seul à m'avoir vue.

- Bonsoir ! Lisa Koltès, du cabinet B&J Expertise, lançai-je en véritable professionnelle.

- Mademoiselle, se leva Frederick Ulker. Oui, je connais ce cabinet...

- Vous m'en voyez ravie, lui dis-je avec un sourire un brin charmeur. J'ai beaucoup entendu parler de vous, évidemment seulement en positif, et j'étais désireuse de mettre un visage sur votre nom, alors lorsque mon associé m'a indiqué qui vous étiez, je me suis permise...

- Et vous avez bien fait ! Enchanté, me lança-t-il avec un baise-main d'une délicatesse presque démodée. Dites-moi, que puis-je pour vous ?

- Je souhaitais simplement faire votre connaissance et me présenter à vous. C'est tellement bon de savoir qu'il existe encore des personnes dévouées corps et âme à leur travail, comme vous Monsieur Ulker. Et comme je me sens proche de ces gens-là, j'aime aller à leur rencontre.

- C'est tout à votre honneur. Puis-je vous inviter à ma table quelques instants, ainsi nous pourrions faire plus ample connaissance..., me proposa mon prospect avec un plaisir non dissimulé.

- Oh je ne veux pas vous importuner, vous et vos invités, minaudai-je.

- Au contraire ! Vous honoreriez notre table ma chère, et puis les femmes d'affaires me fascinent, je serai heureux de pouvoir échanger avec vous.

Alors qu'il me dirigea vers un siège libre, je jetai un rapide coup d'œil à Ted qui semblait jubiler en me voyant faire. Le moins que l'on puisse dire c'est que ce Frederick Ulker était un parfait gentleman, en l'apparence en tout cas. Je me demandai même pourquoi Ted avait eu des réticences à le démarcher lui-même. Monsieur Ulker semblait plutôt avenant et gentil. Quoi qu'il en soit, je devais à présent aller au bout de ma mission et pousser ce brave homme à rencontrer Ted afin que ce dernier se charge de le convaincre à être client chez nous.

Je dois avouer que pendant une minute, j'avais été ébranlée par le fond du sujet. J'avais trouvé complètement glauque qu'un homme puisse utiliser les charmes de sa compagne à des fins professionnelles et financières. Et n'importe qui d'assez droit dans ses bottes aurait pu assimiler ceci à une forme de prostitution. Il ne s'agissait pas non plus de coucher avec cet inconnu, mais tout de même, pour une fois qu'il me proposait une sortie dans ce type de bar, que j'adorais par ailleurs, il s'agissait pour moi de devoir tortiller des fesses et de jouer les imbéciles séductrices auprès de personnages que je ne connaissais ni d'Adam ni d'Eve. Cela n'avait rien de très flatteur et était même assez réducteur. Sur le coup, je n'avais pas mesuré ce que Ted me demandait, mais en regardant de plus près, cela voulait bien dire qu'à part faire l'idiote devant un potentiel client, je n'avais selon Ted, aucune autre capacité à le faire s'intéresser à moi. Cette idée me fit beaucoup de peine et je me demandai à quoi jouait Ted. Voulait-il vraiment ce client ou voulait-il juste me voir me faire ridiculiser ? Après tout, il était le premier à clamer haut et fort ses performances dans le business et affirmait n'avoir besoin de personne, il était largement présent lorsqu'il s'agissait de se vanter d'avoir démarré de rien et qu'il avait bâti un empire avec ses affaires, que son cabinet comptable était désormais reconnu comme le plus performant et le plus populaire de toute la Côte d'Azur. Alors pourquoi m'utiliser ? Avait-il dans l'idée de se moquer ? Voulait-il simplement me tester ? Ou était-il véritablement vicieux au point d'user des charmes de sa compagne pour faire prospérer ses affaires ?

Un instant de folie me fit décider que non, ce soir je ne serai pas une nunuche de service. Pourquoi devrais-je me comporter comme une nunuche précisément ce soir-là, pour nourrir les besoins professionnels de mon petit ami ? Après tout j'étais loin d'être une imbécile et je ne voyais pas en quoi j'avais besoin de me faire passer pour ce que je n'étais pas afin de séduire un client. Je décidai alors de m'amuser et de profiter de la soirée, je n'allais pas faire ce que Ted m'avait demandé. J'allais être moi-même avec ce bonhomme, j'allais même étaler mes connaissances et me mettre en avant, j'allais faire valoir ce que je pensais être : une femme qui peut être tant jolie qu'intelligente. Professionnelle mais femme avant tout.

Frederick Ulker et moi avons passé ce soir-là au

moins une bonne heure à parler affaires, il me posait des questions, je lui répondais, et de même je n'hésitais pas à le questionner sur son travail et il prenait le temps de m'expliquer les choses, sans me prendre pour une abrutie. J'étais heureuse car j'avais vraiment l'impression d'être estimée pour ce que j'étais et cela me faisait beaucoup de bien. Je m'étais surprise au cours de notre conversation à comparer Monsieur Ulker à mon Ted, je m'étais surprise à penser que j'aurai aimé avoir un homme comme Frederick Ulker dans ma vie, un homme qui me traite avec un peu de considération. Un homme qui me parle avec des mots compliqués mais qui sait très bien que je les comprends car je suis une femme cultivée. Pas un homme qui me dise qu'il n'a que deux minutes et pas une de plus à m'accorder car il n'a pas le temps d'entendre ce que j'ai à lui dire, alors que précisément il ignore encore de quoi je souhaite parler. Pas un homme qui me fasse comprendre que je suis jolie mais que dans le monde du travail je ne parviendrai pas à décrocher un autre job car mes compétences sont trop limitées. Pas un homme qui me fasse sentir que je ne m'en sortirai pas sans lui. Je crois d'ailleurs que mon point de vue sur Ted avait commencé à changer ce soir-là, tant par ce qu'il m'a été donné de voir et de comprendre grâce à cet inconnu, mais surtout par ce qui allait se passer ensuite.

Au bout d'une heure et quart environ, Frederick Ulker, après m'avoir offert un mojito, un de plus à mon compteur, m'invita à danser. En me rendant sur la piste avec lui, je regardai Ted furtivement qui me surveillait depuis le début et qui semblait satisfait. Il me fit un signe de tête avec une moue comme s'il voulait me dire « Vas-y tu peux y aller » alors que je ne lui demandai nullement sa permission, tant je passai une agréable soirée. Le morceau qui se jouait à ce moment-là était une bachata. J'adorais ces musiques exotiques et avais voulu m'inscrire en club pour prendre des cours mais Ted avait toujours refusé, craignant que je ne le trompe avec un partenaire de danse. Il disait que ces danses-là étaient pour certaines, des scènes de sexe déguisées, et qu'il était hors de question que je m'inscrive, que je n'avais d'ailleurs besoin de m'inscrire nulle part. Le sujet était source de disputes assez fortes. Ted m'affirmait que le fait que je pratique une activité à l'extérieur nuirait à notre couple car nous aurions moins de temps pour nous. Cependant, il se permettait lui-même de sortir de temps en temps, et lorsque je lui faisais la remarque, il me répondait « Tu as vu tout ce que je fais à côté ? On voit bien que tu n'es pas à ma place, tu ne diriges pas d'entreprise ni de salariés, tu es tranquille toi, tu ne rends pas compte, j'ai besoin de souffler moi ! ». Ainsi donc, lui travaillait et était surmené, et moi je ne faisais rien de mes dix doigts toute la journée. Je n'insistais jamais davantage de peur d'envenimer les choses et espérait que le temps lui ferait changer d'avis.

Nous profitions de notre danse, étrangement très à l'aise tous les deux, il fallait bien reconnaître que j'avais affaire à un danseur avéré. Frederick Ulker, charmant homme d'affaires de quarante-cinq ans environ, avait un pas de danse exquis et je me régalai. Nous décidions même de poursuivre nos danses lorsque la chanson changeait, toujours dans un style identique. Je prenais tellement goût à cet extraordinaire moment de détente que dans mes mouvements, je me faisais plus sensuelle, plus sexy, plus sûre de moi. J'en avais tellement rêvé ! Moi qui mourait d'envie de pouvoir danser un jour en club et sachant que Ted ne me laisserait jamais faire, je dégustai ce que j'étais en train de vivre ! Ulker posa de temps à autre ses mains sur mes hanches et leur donnait le rythme. J'ondulai et me balançai au rythme de la musique. J'eus soudain cette superbe sensation qu'un homme me trouvait belle et séduisante et me le faisait savoir. Plusieurs fois il noya son regard dans le mien, ce qui donnait du charme à notre danse. Plusieurs fois il me sourit comme pour s'assurer que je m'amusais autant que lui. Il me fit tourner à de nombreuses reprises, sans doute pour admirer ma robe virevolter et dévoiler un peu plus mes jambes. J'étais si bien que je ne me rendis même pas compte que Ted fulminait de me voir m'amuser autant, il avait trois verres vides devant lui et s'empressait d'en commander un quatrième. Je ne vis même pas qu'il n'avait de cesse de me fusiller du regard, jaloux de mon amusement et vert de rage qu'un homme, autre que lui, puisse me donner ce que j'avais tant voulu. Sans doute jaloux que l'attention ne soit pas, pour une fois, braquée uniquement sur lui. Au bout de presque trente minutes, il décida de venir à ma rencontre, nous interrompant fièrement.

- Bonsoir Monsieur ! Teddy Barnier du cabinet B&J Expertise. Excusez-moi de vous déranger...

- Monsieur Barnier, répondit Ulker en tendant la main à Ted et en souriant, enchanté !

- Monsieur Ulker si cela ne vous ennuie pas j'aimerais discuter avec ma secrétaire.

- Secrétaire ? demanda Ulker, non vous devez faire erreur Monsieur Barnier, avec autant de qualités et d'intelligence, c'est une formidable associée que vous avez là, je doute fort qu'elle soit une simple secrétaire, plaisanta Ulker.

- Et pourtant ! Ah ! c'est qu'elle cache bien son jeu, rigola Ted en me tapotant l'épaule comme une enfant.

- Merci Ted, répliquai-je avec un faux sourire, blessée qu'il cherche tant à me diminuer devant Frederick Ulker.

- Monsieur Ulker, voici ma carte, avança Ted avec sérieux, j'aimerais parler business avec vous, auriez-vous l'amabilité de me recontacter en début de semaine ?

- Si ce brillant petit bout de femme est présent ce sera bien volontiers, fit l'homme d'affaires.

- Oui naturellement, si elle a terminé toutes les petites tâches qu'elle doit accomplir, nous lui accorderons cette récréation, me lança Ted en me pinçant la joue comme si j'étais la dernière des demeurées.

Je jetai un regard d'incompréhension à mon petit ami. Que lui prenait-il ? Pourquoi n'avait-il de cesse de mettre des « petits » dans toutes ses phrases lorsqu'il parlait de moi ? Tout était « petit », il parlait même d'une « récréation », comme si je n'étais qu'une écolière. Quand Ted avait affirmé que je cachais bien mon jeu, une violente pointe m'avait saisi au cœur, je m'étais sentie véritablement blessée que mon propre petit ami, celui pour lequel j'avais de vrais sentiments d'amour, me vende comme une idiote qui se fait passer pour une personne intelligente. Je m'étais sentie tellement diminuée, insultée, humiliée, et je ne comprenais pas ce que j'avais pu faire de mal pour mériter de tels propos acerbes. De plus, j'avais quand même exécuté, à ma façon certes, ce qu'il m'avait demandé, et de fait grâce à moi Ulker allait sans doute le rappeler dans quelques jours, ainsi il n'aurait plus qu'à faire son travail pour décrocher le fameux contrat dont il se pourléchait d'avance les babines. Je n'avais rien fait de mal, j'avais dansé voilà tout. Oui j'avais eu l'outrecuidance de m'amuser, de rire, de profiter d'un moment de plaisir que l'on m'a proposé. Et pour le moins, j'avais passé un moment délicieux.

Les deux hommes se serrèrent la main, et Ulker prit ma main, la baisa et me dit au revoir. Visiblement il avait apprécié notre moment. Ted m'emmena au bar l'air de rien, en posant sa main dans le bas de mon dos. Je sentis alors une pression de sa main pour me pousser à avancer plus vite. Arrivé au comptoir, il avala d'un trait la moitié de son verre qu'il n'avait pas consommé et me dit sèchement « On paye et on se casse ».

## 18.

Les vingt minutes de voiture pour rentrer furent d'une longueur sans nom. Bien que vexée par les propos acrimonieux tenus par Ted à mon égard, je lui demandai tout de même s'il allait bien, le voyant conduire sans parler, sans broncher, presque fâché. J'obtins alors comme réponse un « Ferme-la » franc et massif auquel je décidai d'obéir, plus blessée encore que l'heure auparavant. J'avais terriblement hâte d'arriver, de prendre une bonne douche et de me coucher, consciente que le reste de la soirée serait très loin de l'ambiance festive que j'avais connu ce soir-là.

Nous arrivions à l'appartement après un trajet d'un silence mortuaire. Une fois à l'appartement, je laissai mes escarpins à l'entrée, puis me dirigeai immédiatement vers la salle de bain, où je me dénudai. Ted arriva à ce moment-là.

- Ça va, tu es contente de toi ?

- Contente de quoi ? demandai-je innocemment.

- Tu m'as fait honte toute la soirée Lisa ! lança Ted

avec rage.

- Pardon ? Que veux-tu dire, je ne te suis pas....

- Arrête ton sketch, tu veux ? Je te demande un truc simple, un truc bête comme chou et toi tu fais n'importe quoi ! Remarque, ça ne te change pas des autres jours au moins !

- N'importe quoi ? Ted ! Voyons ! Tu m'as demandé d'user de mes charmes pour te ramener un client de plus, excuse-moi mais ta demande est quand même déplacée à la base tu ne trouves pas ? Je suis ta petite amie Ted, pas un pote ! Et puis voilà tu l'as ton rencard tu devrais être satisfait ! répliquai-je alors que la colère me gagnait, d'avoir été utilisée et rabaissée durant cette soirée.

- Mais tu n'as pas honte ? Tu es en train de me chialer dans les bottes de t'avoir demandé de faire du gringue à Ulker alors que c'est toi qui ...

- Qui quoi Ted ? criai-je.

- Tu t'es comporté comme une pute Lisa !

- Quoi ? Tu es malade ou quoi ? C'est quoi ton problème ? Ne m'insulte pas Ted !

- Arrête un peu, tu joues les saintes mais tu n'es qu'une petite garce Lisa ! Je t'ai juste demandé de l'attirer vers nous et tu l'as allumé purement et simplement ! Tu te serais mise à quatre pattes sur la piste, ça n'aurait pas été pire ! Tu étais méconnaissable ce soir, une vraie salope ! Putain mais quelle honte !

La tension montait, le ton s'élevait, Ted devenait plein de fureur. Je prenais peur au fur et à mesure qu'il me parlait. Je pouvais voir la rage au fond de ses yeux et de mémoire, je ne l'avais jamais vu dans un tel état. Il était hors de lui. Je me disais qu'il avait peut-être un peu trop bu, pourtant je l'avais connu bien plus résistant aux boissons alcoolisées. Je cherchai un peu de réconfort dans un coin de ma tête et pensai qu'il allait se calmer.

- Je n'y crois pas ! Je n'ai jamais allumé qui que ce soit ! Nous avons dansé c'est tout il n'y a rien de mal à ça !

- Oui bien sûr Lisa, pendant une seconde j'ai bien cru que vous alliez vous envoyer en l'air ! Tu t'es cru séduisante hein c'est ça ? Eh bien redescends sur terre ma grosse, tu n'as rien que l'on puisse envier et ce soir tu as dépassé les limites de l'acceptable ! Tu es écœurante c'est tout ! Tu as terni mon image de marque, tu m'as fait honte, tu ne mérites pas les éloges dont il t'a couverte, si tu n'étais pas toi je t'aurais déjà virée !

- Non mais tu t'entends parler Ted ? hurlai-je. Tu es cinglé ! Tu me demandes quelque chose de complètement tordu, je m'octroie quelques minutes pour danser et tu insinues maintenant que je coucherais avec le premier venu ? Tu as un très gros problème !

- C'est toi qui as un problème ! cria-t-il, furieux, son visage se déformant par la colère. Maintenant écoute moi bien, continua-t-il en frappant violemment la paroi de douche avec la paume de sa main, comporte-toi encore une seule fois comme une traînée de cette façon et je peux te jurer que je te ramène à la misérable petite vie de merde que tu avais avant de me connaître !

Je ne trouvai pas la force de répondre tant ma respiration saccadée me l'en empêchait. Mes larmes roulaient sur mes joues sans que je ne puisse les contrôler. Je ne parvins pas à me calmer avant un long moment. Ted m'effrayait. Il se faisait menaçant à présent et c'était, depuis le début de notre relation, la première fois qu'il m'insultait et m'humiliait de la sorte. Il était dans un état de rage que je n'avais jamais vu auparavant. La tension était palpable dans la pièce et j'avais vraiment peur qu'il me lève la main dessus. Il quitta soudain la salle de bain, me laissant là, contre la paroi de douche, nue comme un fœtus, les mains jointes devant la bouche, pleurant à chaudes larmes dans la lumière tamisée de la salle de bain, sentant mon pouls résonner dans mes tempes, provoquant en quelques instants une migraine assommante. Mon cœur se mit à battre si fort que je le crus sur le point de sortir de ma poitrine. Je tentai de retrouver une respiration normale. Je soufflai, j'inspirai et expirai longuement pour m'apaiser. J'essuyai mes larmes du dos de ma main puis me décidai à mettre l’eau de la douche à couler. J'y entrai toute tremblante et me laissai tomber sur le sol, me retrouvant assise sous le jet d'eau chaude. Je me laissai volontiers bercer par la chaleur, qui parvenait peu à peu à apaiser mon chagrin.

Quarante minutes plus tard, je décidai de sortir de mon trou, même si je redoutai plus que tout de croiser le regard de Ted. Avec discrétion, je me rendis dans notre chambre à coucher puis me faufilait sous la couette. Là, bien au chaud, je trouvai le réconfort et ne pris même pas la peine de savoir où Ted se trouvait. Je le saurai bien assez tôt. Demain matin par exemple. Pour l'heure, mes paupières gonflées par la tristesse pesaient si lourd qu'elles se fermaient toutes seules, et mon sommeil suivit presque instantanément.

# 19.

Edna notait avec soin. De temps à autre je la voyais hausser les sourcils, souffler et même certaines interjections sortaient de sa bouche tant mon récit la marquait. Elle me demandait parfois si j'allais bien, si je me sentais la force de continuer, si je souhaitais faire une pause. Ce à quoi je répondais avec conviction que parler de tout ça ne me dérangeait guère. Du moins plus maintenant.

Quelques années en arrière, je ne me serai pas étendue sur le sujet de cette façon. Personne ne me comprenait, et en même temps, je peinais à donner les quelques détails croustillants de ma relation avec Ted, qui auraient pu laisser entendre à quiconque que mon petit ami avait des tendances de manipulateur. Lorsqu' Edna me demanda de creuser un peu les réactions incohérentes de Ted, je rassemblai dans mon esprit une vague énorme de souvenirs et lui livrai tout, sans savoir si cela était dans le bon ordre. Je me doutai qu'Edna ne me tiendrait pas rigueur de ce vaste bazar et ferait le tri par la suite, selon ses besoins.

Ted me demandait sans cesse de ne pas parler de nos disputes, arguant que cela ne regardait personne et que les gens, d'une mauvaise foi évidente, nous jugeraient trop vite. Il disait que personne ne devait savoir. Lorsque j'avais le cœur trop lourd et que je téléphonais à ma sœur, Clara, pour lui faire part de mon chagrin, il me demandait systématiquement de me dépêcher, prétendant attendre un coup de fil important. Et si je tardais à terminer ma conversation téléphonique, il lui arrivait de me prendre le combiné des mains et de raccrocher au nez de mon interlocuteur. Je détestais cela plus que tout, c'était un manque de respect purement et simplement, et lorsque je lui faisais part de mon désaccord il me rétorquait que c'était bien moi qui lui manquait de respect en permanence, qu'à cause de moi il allait sans doute rater un coup de fil professionnel très important, et que jusqu'à preuve du contraire, il avait encore le droit de téléphoner dans SON appartement. Il mettait souvent l'accent sur le fait que tout lui appartenait. En général je ne trouvais pas grand-chose, si ce n'était rien du tout, à répondre à ce genre d'attaques, et je me taisais, tout bêtement. De toute façon il terminait la moitié de ses phrases en me disant que je n'avais rien à dire.

Et en effet, je ne voyais pas en quoi je pouvais me

permettre d'émettre un avis sur quoi que ce soit, quand bien même je me trouvais en désaccord total avec la façon dont il se comportait envers moi. Ted avait un parcours que je n'avais pas, un compte en banque que je n'aurais jamais, un cercle d'amis vingt fois supérieur au mien, pour peu qu'il me restât des amis, et cela n'allait pas durer très longtemps. Peut-être même n'en avais-je plus sans le savoir. Par ailleurs, Ted ne se privait pas pour me dire à tout bout de champs que mes amis faisaient semblant de m'aimer, qu'ils ne s'intéressaient à moi uniquement parce que je venais de m'acheter une nouvelle voiture et parce que je sortais avec un riche chef d'entreprise. Il refusait systématiquement d'inviter qui que ce soit qui composait mon cercle d'amis à l'apéritif ou au dîner. Il prétendait que ce n'était qu'une bande d'hypocrites qui voulait juste mettre le nez dans nos affaires et qui me jalousait. De fait, j'ai commencé à beaucoup moins voir mes amis, puis plus du tout. Et puis de fil en aiguille, lorsque je revenais vers certains amis, ils ne prenaient même plus la peine de me répondre au téléphone. Seul Raph me surveillait de loin, mais ne voulait pas mettre un pied chez nous. Il disait qu'il prendrait volontiers l'apéritif avec moi mais seulement le jour où je l'aurais plaqué. Il ne supportait pas Ted. Et c'était grandement réciproque.

En effet, Raph avait tout de suite vu clair dans le jeu de Ted. Il n'avait jamais eu de bonnes intuitions le concernant. Il m'avait mise en garde dès les premiers jours, me disant que ce mec n'était pas clair, qu'il cachait quelque chose et qu'il ne me ferait pas de bien. Raph me disait qu'il voyait le démon dans le fond des yeux de Ted. Et sur le coup, je m'étais bien moqué de lui. Je lui avais demandé en rigolant s'il ne voulait pas venir brûler un bâton de sauge dans ma chambre à coucher au cas où une entité malfaisante débarquerait pendant mon sommeil. Mais sans le savoir, j'avais déjà trouvé l'entité malfaisante.

Avec le recul je crois avoir eu une certaine forme d'admiration pour Ted dans le début de notre relation. Au début oui, mais à la fin, j'étais tellement à bout de ses sarcasmes que j'ai fini par le détester et n'avoir plus que des sentiments négatifs à son égard, fini l'attachement, fini l'admiration, fini l'amour. Quoi qu'il en soit, je m'écrasais tout le temps.

Il arrivait quelques fois où je tentais de m'affirmer. Je répondais, je contre-attaquais. Cela ne durait jamais très longtemps car il me rabaissait aussitôt et me rigolait à la figure. J'ai souvenir qu'un jour, alors que je lui sommais de redescendre d'un cran lorsqu'il s'adressait à moi par des cris, il me répondit « Ah tiens t'es encore là toi ? ». Ce qui pour moi avait l'effet d'une lame tranchante. Ce qui n'était qu'une question posée sur un ton neutre avait bien entendu une symbolique terrible : j'étais tout simplement inexistante à ses yeux. J'étais un fantôme dans sa vie, et il jouissait de me donner cette impression abominable d'être un fantôme tout court. Des remarques acerbes comme celle-ci, j'ai dû en entendre des dizaines de milliers pendant toute la durée de notre histoire. Elles se sont faites, à partir de cette période, plus rapprochées, plus fréquentes, et aussi plus aiguisées. Il prenait soin d'avoir un œil sur tout, à critiquer la moindre chose, à chercher à m'atteindre. Et cela a fonctionné.

Lorsque je ne travaillais pas, je restais à l'appartement. Et ma charge de travail au cabinet avait pris de l'ampleur, Ted ayant jugé nécessaire de l'alourdir. Il l'avait alourdie simplement pour me faire rester plus longtemps au bureau. En rien cette charge supplémentaire n’avait quoi que ce soit d'enrichissant, de valorisant, ou encore même d’utile pour le cabinet : à de nombreuses reprises il m'avait ordonné, une fois que j'eus fini de traiter les dossiers dont j'étais responsable, de trier toutes les boites mails du cabinet, de vider les mails indésirables, et lorsque cela fut fait, de passer dans son bureau pour y faire un peu de nettoyage. Des tâches qui n’avaient pas forcément grand-chose à voir avec le cursus de formation d'une secrétaire comptable. Cela m'obligeait à rester au bureau environ une heure de plus, une heure qui à mon sens, ne faisait rien avancer au sein de l'entreprise. J'avais pris cette heure de plus comme une punition. Du coup, je rentrais chez nous aux alentours des dix-neuf heures quinze. Le temps de faire à manger, un brin de ménage sur ce qui était le plus urgent, de s'octroyer une petite douche, de dîner, et la journée touchait à sa fin. Ted me faisait sans cesse remarquer à cette période que le ménage n'était pas fait en profondeur, que je cuisinais du tout-prêt, que je me plaignais constamment d'être fatiguée, que j'étais désagréable, que je n'avais plus de libido. Je profitais alors de mes jours de repos pour peaufiner le ménage sans forcer non plus étant donné que les semaines au cabinet m'assommaient littéralement. Je me sentais beaucoup plus encline aux siestes. Je me couchais exténuée, je me réveillais fatiguée, et ce toute la semaine depuis une année.

Un soir, afin de m'éviter une réprimande de plus, je jetai mon sac à main et mes chaussures et m'attaquai tout de suite, sans même prendre deux minutes pour moi, à donner un petit coup de propre au salon. Je tapotai vigoureusement les coussins du canapé dehors pour les dépoussiérer, je les repositionnai de façon convenable sur le sofa, je passai un coup d'aspirateur partout, j'allai même jusqu'à chiper une rose sur le balcon de la voisine absente pour une semaine, et à la disposer dans un soliflore sur notre table. Je pris soin de mettre du parfum d'ambiance, lustrer mes vitres à la vitesse de l'éclair et veiller à ce que rien ne traîne. Tout ça avec la rapidité de Wonderwoman. Dix-huit minutes pour tout faire, j'avais chronométré car Ted devait arriver environ une demi-heure après moi et je voulais impérativement tout faire avant son retour. J'étais si fière de moi (et à la fois littéralement sur les rotules). Quand il arriva, je m'approchai pour l'accueillir et lui lançai « Comment vas-tu mon chéri ? », ce à quoi il ne répondit rien, m'embrassa furtivement sur la bouche et se rendit à la cuisine pour se servir un verre d'eau. Là, il ne trouva rien de mieux à dire que : « Tu abuses, il y a encore des couverts et des verres qui traînent ! Ce s'rait pas mal que tu fasses un peu la vaisselle ». Ce à quoi je m'exécutai dans la seconde. Il partit se mettre un vêtement ample pour être plus à l'aise. Lorsqu'il revint, il regarda les couverts et les verres dans l'égouttoir et ajouta « Faudrait peut-être que tu essuies la vaisselle de temps en temps ! Tu es vraiment bonne à rien ma pauvre ». Il soupira et alla s'asseoir sur le divan.

Toutes ces remarques finissaient par me donner la

nausée, au sens propre du terme. Rien de ce que je faisais n'était assez bien, et quoi que je fasse, je me heurtais à un avis négatif. C'était ainsi, Ted ne prenait aucun plaisir à constater mes efforts, et quand bien même j'exécutais des tâches qu'il m'avait demandées, cela n'était jamais bien fait. Son ultime plaisir se trouvait dans le fait que bien que j'accomplisse une demande formulée par lui, il puisse me casser par-dessus. Il n'était jamais satisfait de rien et trouvait à redire sur tout. En fin de compte, tout était prétexte à me dire que je faisais tout de travers. Peu importe si cela était avéré ou non, le but étant de me dire quelque chose de déplaisant, de rabaissant. Et pour cause, il n'avait ni remarqué l'aspirateur passé, ni la rose dans le soliflore, ni le parfum d'ambiance, rien de ce qui aurait été une remarque positive ne lui était venu à l'esprit, en revanche, tout ce qui pouvait engendrer une critique aiguisée ne lui échappait guère.

Dans nos deux premières années de vie commune, je ne le voyais pas sous cet angle. Pour moi, Ted était juste un homme un peu caractériel, chef d'entreprise donc très exigeant, que ce soit avec lui-même ou avec les autres. Là où le doute me rongeait, c'est qu'il adorait rendre service à tout le monde. Sauf à moi. Si un ami crevait un pneu à vingt-trois heures, il irait le dépanner. En revanche, je pouvais m'étouffer sous ses yeux, il ne ferait pas grand-chose pour me sauver. Il me demanderait même de m'étouffer en silence. J'ai bien cru mourir d'ailleurs, au fur et à mesure que le temps passait. Ce qui me perturbait c'est qu'il me donnait des signes d'amour, de façon ponctuelle. Tout du moins des semblants d'amour. Il m'envoyait parfois un message pour me souhaiter bonne journée, ajoutant qu'il avait hâte de retrouver mon corps sous le sien le soir en rentrant, ajoutant également des « bisous », des « je t'aime », des « tu me manques ». Bien entendu, ces messages enflammés ne me laissaient pas indifférente. Et que l'on soit honnête, n'importe quelle femme y aurait été sensible, les femmes sont réceptives aux déclarations d'amour et aux mots doux, bien plus que les hommes. Et moi je fondais comme un sucre lorsqu'il me faisait parvenir ce genre de petits mots doux. En lisant ses messages, si occasionnels fussent-ils, tous mes doutes s'envolaient et seul le meilleur me parvenait. Mais c'est seulement lorsque je fus sortie par les pompiers, de ma voiture écrasée contre un mur, que j'ai commencé à me rendre compte du danger qui me guettait.

Je quittai le cabinet de ma psy sur ce point. Nous fixions le rendez-vous pour la prochaine séance. Ma semaine se passa sans une ombre au tableau et je planifiai même une semaine de vacances avec une amie, Amélie, une infirmière qui m'avait assisté lorsque mon histoire avec Ted s'était terminée devant les tribunaux. La semaine suivante, je me rendis comme à l'habitude dans le cabinet d'Edna. Dès mon arrivée, elle m'indiqua avoir étudié quelques-uns de mes carnets et que nous en discuterions prochainement. Elle sortit une cigarette de son splendide boîtier à cigarettes, en alluma une et m'en offrit une, que j'acceptai volontiers. Elle attrapa ensuite son calepin et son stylo puis m'indiqua que nous allions reprendre sur ce fameux accident de voiture.

Elle était littéralement effarée de voir l'ampleur qu'avait pris ma relation amoureuse. De constater à quel point l'amour pouvait devenir autant destructeur et criminel. Elle finit de prendre une note, leva la tête vers moi puis ajouta « J'ai beau savoir que ce type de pathologie existe à des degrés différents et toujours plus surprenants, je serai toujours médusée de voir à quel point chez certains sujets, cela peut aller loin. Vous dites que vous vous êtes écrasée contre un mur en voiture, c'est sidérant, vous voudriez bien m'en dire un peu plus ? ».

# 20.

*4 ans plus tôt...*

Ted et moi subissions de virulents conflits de couple que je pensais pouvoir résorber. Mais il me disait sans cesse que rien ne clochait entre nous et que je me faisais des idées. Il me répétait que la seule chose qui clochait c'était, ma paranoïa et ma tendance à voir le mal partout. Il en arrivait même à dire de temps à autres que j'étais moi-même la seule chose qui clochait dans notre couple. Je prenais cela sur le ton de l'humour devant lui, mais au fond de moi il parvenait à me le faire croire. Il aimait jouer avec mes nerfs, m'attribuer des propos que je n'avais pas tenu, me mettre sur le dos des faits dont je n'étais pas l'auteur, il aimait jouer avec la contradiction. J'ai même longtemps pensé qu'il aimait me faire passer pour folle.

Je ne lui avais d'ailleurs jamais rien dit, mais à plusieurs reprises, j'étais allée voir mon médecin traitant car j'avais l'impression d'être victime de pertes de mémoire terribles, j'avais souvent cette curieuse sensation de devenir cinglée, je lui avais même demandé si j'avais besoin d'être internée. Lors de nombreuses consultations, fréquentes et rapprochées, je lui demandais de quoi trouver le sommeil plus facilement la nuit et de quoi calmer mes angoisses le jour. Il m'avait alors prescrit le nécessaire en pointant du doigt le fait que mes angoisses intempestives et mon sommeil perturbé devaient bien venir de quelque part. En cherchant à en savoir un peu plus sur moi, intrigué de me voir débarquer dans son cabinet de plus en plus souvent, il avait tenté de me diriger vers un confrère psychologue, qui était censé m'aider à y voir plus clair.

J'avais naturellement refusé, prétextant divers soucis d'ordre familiaux en guise d’origine de symptômes, j'avais pris comme excuse un décès fictif et une souffrance à la suite de ça, et revenait régulièrement pour le renouvellement de mes ordonnances d'anxiolytiques. J'étais officiellement en dépression mais je me voilais la face tant que possible et ne voulais rien entendre sur le sujet. Si on me posait la question sur mon état de santé qui se dégradait peu à peu, je répondais simplement que j'étais très fatiguée, que mon état devait être passager, qu'une bonne cure de vitamines me ferait sûrement du bien. J'avais même dit un jour au médecin que tout ce qui m'arrivait ne méritait pas que l'on s'y attarde et que je provoquais mon état de santé déplorable, que tout ce qui m'arrivait était ma faute. Ça, cela ne venait pas de moi bien entendu, c'était du grand Ted.

La vérité, c'est qu'au bout de deux ans d'histoire, mes cernes se creusaient de plus en plus, j'alternais les crises de boulimie et les repas sautés faute d'appétit, je prenais moins de temps pour m'apprêter et ma coupe de cheveux n'en n'était plus vraiment une, ma libido se faisait plus timide qu'autrefois tant Ted me répétait que je le dégouttais, je me faisais bien moins performante au travail, ce qui donnait une raison de plus à Ted de me reprocher quelque chose, et je pleurais régulièrement sans savoir pourquoi. Sans compter mon sommeil en gruyère et mes angoisses du jour, cela donnait un résultat vraiment surprenant. Même ma sœur Clara qui ne m'avait que rarement au téléphone et ne me voyait pas souvent en face à face, me disait qu'elle me sentait au plus mal. Elle flairait à des centaines de kilomètres de distance que quelque chose n'allait pas. Mais je refusais de lui dire quoi que soit et faisais tout ce qui était en mon pouvoir pour paraître le mieux possible. Dans mes souvenirs, la première fois qu'elle avait vu Ted, elle m'avait dit de me méfier, qu'elle ne savait pas quoi exactement mais qu'il lui inspirait de drôles de choses, négatives en tout cas, mais que même si j'étais une grande fille qui pouvait se gérer seule, je devais coûte que coûte rester sur mes gardes. Puis je suis tombée amoureuse. Je ne m’étais, en fin de compte, méfiée de rien du tout.

Un magnifique jour de printemps, le lundi 17 mai, ma vie aurait pu prendre fin. Nous avions passé un week-end paisible à l'appartement, mais sans pouvoir me l'expliquer, j'avais eu des migraines épouvantables du samedi soir au lundi matin. J'avais tenté de calmer mes affreux maux de tête avec des doses plutôt élevées de paracétamol, sans que rien ne parvienne à me soulager. J'avais passé tout le samedi soir couchée dans mon lit, bien au chaud sous ma couette, à attendre qu'un miracle ne daigne emporter ma douleur. Si je m'étais écoutée, je me serais volontiers envoyé le crâne contre un mur de la chambre tant la douleur était insupportable. J'ai voulu, dans un moment de supplice, faire appel au médecin pour qu'il vienne chez nous et me donne quelque chose pour me soulager. Ted m'en avait dissuadé, en prétextant qu'à cette heure avancée du samedi soir, aucun médecin de la terre ne se déplacerait pour un ridicule petit mal de tête. Malgré les larmes qui roulaient sur mes joues, tant la douleur m'anéantissait, il restait convaincu que je ne souffrais pas autant que je le prétendais. Il me disait de ne pas pousser trop loin mon cinéma, que cela en devenait ridicule. C'est une des premières fois où j'eus réellement envie qu'il souffre. D'autant que le docteur m'avait déjà mise en garde, et que mes maux de tête répétés provenaient sans aucun doute des angoisses et du stress auxquels j'étais soumise. Donc indirectement ou directement du stress que Ted me transmettait.

Dans la nuit du samedi au dimanche, il me fut impossible de trouver le sommeil plus de deux heures et demi, réveillée par une nouvelle crise. Lorsqu'il fut quatre heures vingt-huit du matin, je décidai de me lever pour errer dans le salon, je me fis couler un café car j'en mourais d'envie et m'installai sur le canapé, où je trouvai le sommeil à nouveau une petite heure. J'en avais d'ailleurs profité pour attraper un de mes carnets de notes et avait relaté dans les moindres détails mes crises épouvantables ainsi que l'attitude de mon petit ami face à mon affliction. Et tout mon dimanche se passa de la sorte. Et quoi que je fisse, rien ne me permettait de moins souffrir. D'autant que j'ignorais de quel mal je pouvais bien être atteinte, aucun diagnostic n'ayant été posé. J'avais bien dans l'idée que mon stress avait raison de moi, mais je refusais de l'avouer totalement car cela revenait à admettre que Ted en était le fautif. Et je me voilais encore la face.

Le lundi matin, je me levai comme d'habitude pour aller travailler. Comme Ted s'était levé en même temps pour son petit déjeuner, il me proposa de me préparer un verre d'eau avec du paracétamol effervescent. J'acceptai volontiers, touchée que pour une fois depuis des lustres il s'intéresse un peu à moi autrement que pour me faire une réflexion. J'avalai mon breuvage, m'habillai, puis pris ma voiture.

Après cinq minutes à rouler, une violente crise arriva. Je me demandai s’il était possible de ne plus avoir mal. J'ouvris la fenêtre, pensant que l'air du dehors me ferait du bien, mais je me mis à trembler de froid, je la fermai donc presque aussitôt. Le cabinet se situant à Cagnes-Sur-Mer, je dus faire un peu d'autoroute et m'engager sur l'A8 pour quelques minutes de trajet. Sur cette portion de route, je sentis ma migraine devenir plus violente encore. Pendant un instant, je crus que ma tête allait exploser, ne sachant plus comment faire pour qu'elle ne me fiche enfin la paix. Puis la lumière du jour se mit à me gêner, mes tempes semblèrent sur le point d'éclater. Je mis ma main droite sur mon front, mes yeux se mirent à se fermer seuls comme pour se protéger de la luminosité trop intense, j'eus alors envie de pleurer. Tout ce qui me fallait à ce moment-là c’était d'être enfermée dans le noir, je ne supportais plus cette lumière naturelle excessive. Ma douleur se mit à être si virulente que j'activai instinctivement mes feux de détresses pour me mettre sur le bas-côté, mais je perdis le contrôle de ma voiture et vins frapper violemment le mur sur le côté droit. Je perdis connaissance et me réveillai un moment plus tard avec les secours affairés au-dessus de moi.

« Mademoiselle ! Mademoiselle ! Est-ce que vous m'entendez ? Elle revient à elle ! ». J'ouvris les yeux péniblement et sentis mes maux de tête toujours présents. Je tentai de regarder autour de moi et mes yeux tombèrent alors sur ma pauvre voiture, dont l'avant était littéralement broyé, ce qui me laissait deviner la violence du choc. Ma nuque me lançait et le pompier qui attendait ses collègues auprès de moi pour me transporter m'expliquait que je devais rester tranquille et ne pas bouger. Il tentait de me rassurer en me répétant à deux reprises que tout irait bien. Je fus transportée à l'hôpital le plus proche où je passai trois jours d'examen de toutes sortes.

Lors de mon séjour à l'hôpital, Ted me rendit visite une fois par soir, à raison d'une petite heure à chaque fois. Le premier soir, il était resté moins longtemps pour ne pas me fatiguer et pour que les médecins puissent me prodiguer correctement les soins nécessaires. Du moins c'est ce qu'il avait prétendu. Le second soir, il m'avait dit qu'il me donnait une semaine de vacances afin de me reposer, qu'il prolongerait en fonction de mon état de santé mais que pour l'heure, il ne fallait pas se précipiter. Il s'était assis à côté de mon lit et m'avait pris la main, en me disant qu'il voulait me voir revenir à la maison rapidement, et en pleine forme, qu'il avait besoin de moi et qu'il ne supportait pas de me voir si mal. La compassion n'était pourtant d'ordinaire pas le genre de Ted, ce qui me laissa pantoise, mais trop fatiguée pour répondre, je fis le choix du silence.

Les médecins, après plusieurs examens, affirmèrent ne rien trouver d'anormal à mes analyses, à part une très forte dose de paracétamol dans mon sang, ce qui me valut une belle mise en garde et une remontrance sans précédent d'un médecin, qui m'expliqua qu'une surdose de cette molécule pouvait avoir de fâcheuses conséquences. Je promis à ce monsieur d'être plus vigilante à l'avenir. Ce jour-là, Ted s'était réjoui devant le médecin et l'avait remercié de me répéter quelque chose que, soi-disant, il s'efforçait à me faire comprendre depuis longtemps. J'avais écarquillé les yeux tant bien que mal en entendant ces propos ahurissants. Jamais Ted ne m'avait mise en garde contre une quelconque conséquence d'un excès d'aspirine, et il se vantait pourtant auprès du docteur de l'avoir fait. Je restai bouche bée. Quel toupet ! Quel salopard ! Je passai à tort pour une droguée auprès du médecin en charge de mon dossier en un quart de seconde, à cause des élucubrations de mon petit ami.

L'accident m'avait causé un coup du lapin et j'étais décorée d'une belle minerve. J'allais donc être beaucoup moins mobile que d'ordinaire. J'avais quelques contusions mais rien de grave. Trois ou quatre bonnes égratignures et des douleurs un peu partout sur mes membres, je m'en sortais plutôt bien. On me fit comprendre en revanche, en raison d'une tension étrangement élevée, que mon état de santé nécessitait un repos complet et un éloignement total du stress. Et de surcroît, vu que l'accident avait été causé par mon état de santé, on allait me prescrire des examens plus approfondis à l'issue de mon hospitalisation. On me préconisait au minimum quinze jours de repos complet, j'ignorais donc comment annoncer à Ted que la semaine de congés payés qu'il m'octroyait serait insuffisante. J'appréhendais fortement sa réaction et je craignais que ce ne soit source d'une nouvelle dispute.

Un soir, une infirmière, une superbe quadragénaire qui venait pour désinfecter mes plaies, me confia qu'une de ses cousines avait été hospitalisée à de nombreuses reprises pour les mêmes symptômes que les miens, et que ce n'est qu'après avoir divorcé de son mari violent, oppressant et terriblement stressant que ses migraines et ses malaises avaient commencé à diminuer, pour finalement disparaître. Elle eut un petit sourire alors qu'elle me racontait la fin de son récit, insistant sur le fait que sa cousine affirmait revivre depuis qu'elle avait divorcé simultanément de son mari et de ses migraines. « Tout ça pour vous dire que ça doit bien venir de quelque part ma jolie, et que si la médecine ne trouve rien d'anormal, alors il faut chercher ailleurs que dans votre corps. » m'avait-elle lancé, d'un air protecteur, sa main posée sur la mienne, son regard dans le mien, avec beaucoup de douceur.

Après le passage de l'infirmière, je posais ma tête sur l'oreiller, respirais profondément et repensais à ses propos. Étrangement, ils ne m’avaient pas laissé indifférente. Je ne parvenais pas à me l'expliquer mais en me parlant de sa cousine, j'avais eu cette impression étrange de l'entendre parler de mon histoire. D'autant que les années passées, je n'avais été à aucun moment sujette à ce genre de maux de tête épouvantables. Je n'étais pas migraineuse de nature. Je n'étais pas non plus fragile à ce point. J'avais toujours été très résistante face à la douleur et je m'avouais difficilement que ces derniers temps, mes visites chez le médecin s'étaient faites bien plus fréquentes et que je ne me reconnaissais pas. J'avais un besoin constant d'aller consulter pour des ordonnances d'antidouleurs, pour des maux en tout genre que je n'avais pas avant, quelques années en arrière. Je n'étais pas accro aux visites médicales mais mon corps me parlait et j'ignorais complètement ce qu'il cherchait à me dire. Toujours est-il que je souffrais de petits bobos qui avaient tendance à se transformer en douleurs plus intenses et incontrôlables. Un mal de dos que j'aurai constaté au réveil et mis sur le compte d'une mauvaise position au travail la veille, allait se transformer en lombalgie sévère dans la semaine à venir. Et tout était ainsi, d'un tout petit mal, j'arrivais à des diagnostics un peu plus importants. J'étais même un peu mal à l'aise de retourner si souvent chez mon médecin traitant, j'avais l'impression d'en abuser parfois.

Ma dernière consultation ne remontait pas à plus de quatre semaines pour me prescrire de quoi m'aider à trouver le sommeil, car je mettais environ deux heures à m'endormir à partir du moment où je me glissais sous la couette, et malgré la fatigue bien présente, mon endormissement tardait à venir. Ce qui me rendait irritée et irritable. C'était un cercle vicieux car lorsque je peinais à m'endormir je m'énervais, mais plus je m'énervais et plus je peinais à m'endormir. C'est ainsi que mon sommeil avait commencé à se dégrader considérablement.

Allongée sur mon lit tout blanc, je me posai de nombreuses questions, et l'histoire de l'infirmière me fit longuement cogiter, son récit m'ayant étrangement interpellé. Pensant que la fatigue me faisait fabuler, je décidai de me reposer un peu, fermai les yeux et trouvai le sommeil quelques instants plus tard.

# 21.

Nos séances de travail se passaient à merveille. J'avais l'impression de consulter une nouvelle fois pour me guérir de Ted. Mon deuil était fait depuis un moment. J'avais la fierté d'être en quelques sortes la collaboratrice d'Edna pour son projet de livre. Je trouvais gratifiant de livrer mon vécu afin qu'il puisse servir à d'autres. Je pensais à toutes ces femmes qui passaient par ce que j'avais vécu, mais aussi aux hommes qui vivaient mon calvaire. Car oui, la psychologue m'avait certifié qu'il existait également des femmes manipulatrices, comme Ted l'avait été avec moi.

Par ailleurs nous en arrivions à une autre étape : il fallait désormais que je lui explique en quoi Ted cumulait les aventures et comment je m'en étais aperçue. Je m'appliquais donc à lui servir chaque détail qui me revenait à l'esprit et à le développer le plus possible. Je lui racontais comment j'avais découvert au bout de presque quatre ans d'histoire que je n'étais pas la seule, et ce depuis sans doute déjà plusieurs mois, si ce n'était deux ou trois ans, et que l'homme à côté duquel je m'endormais chaque soir était en réalité un parfait inconnu. Tout avait commencé alors que je sortais innocemment de ma douche. Je n'avais rien oublié de ce jour de février...

J'étais en train de me savonner les cheveux lorsque j'entendis la porte d'entrée claquer. J'ouvris la porte de la douche et appelai Ted, sans obtenir aucune réponse puisqu'il venait de quitter l'appartement. Je me rinçai et laissai l'eau glisser abondamment sur mon visage. J'avais toujours adoré cette sensation. Au bout de quelques minutes, je décidai de sortir de ma douche. Je m'enroulai dans une épaisse serviette de coton puis me plantai devant le miroir, passai ma main sur la vitre pour en effacer la buée causée par la vapeur d'eau, puis je me fixai un instant.

Je détestais de plus en plus le reflet du miroir. J'avais perdu onze kilos et ne parvenais pas à les reprendre. Ted m'appelait en riant « petit os », je détestais ce surnom mais il n'en avait que faire. Mon visage était creux et sans expression et mes cernes avaient envahi mon regard. J'étais, quelques années plus tôt, coquette à l'excès, même un peu narcissique, et je peinais désormais à me regarder plus de deux minutes sans me faire monter les larmes aux yeux, tant je ne pouvais plus en souffrir le reflet. J'avais étrangement conscience que ma déchéance n'était pas le fruit du hasard mais il m'était impossible de réagir et de me réveiller de ce cauchemar quotidien. J'avais depuis un an conscience que je devais mon mal-être à Ted et qu'il avait indéniablement une emprise sur moi, qui était loin de m'être bénéfique. Parfois, je me surprenais à penser que je regrettais d'avoir fait sa rencontre, je regrettais d'avoir un jour postulé dans son cabinet d'expert-comptable, je regrettais de l'avoir laissé venir vers moi, d'avoir usé de la séduction, je me haïssais d'avoir été réceptive à cette séduction, je me détestais d'avoir entamé une relation avec lui, et je me détestais plus encore de vivre ainsi. Je ne crois pas qu'il y ait pire situation que de se savoir en souffrance et en danger et de ne rien pouvoir faire. Car il ne s'agissait pas de ne pas vouloir aller mieux, évidemment je n'étais pas heureuse et je m'en rendais bien compte, mais quelque chose m'empêchait de partir. C'est comme si ma maison prenait feu et que je me trouvais dedans, à la regarder brûler, ébahie, sans pouvoir bouger mes pieds pour m'échapper en courant.

Ma sœur disait de Ted qu'il était un vampire, elle l'avait d'ailleurs baptisé d'un drôle de quolibet : « Dracula ». Elle expliquait ce surnom du fait que selon elle, il se nourrissait de ma vitalité, de ma personnalité et de toute mon énergie pour se regonfler. Dans ses moments de doutes, du moins le peu qu'il en avait, il m'assénait tous les reproches possibles et imaginables afin de se remonter dans sa propre estime, le fait de m'abaisser lui donnait cette impression d'être alors plus élevé en tout point. Clara l'avait bien remarqué car lorsqu'elle me téléphonait, il m'arrivait sans m'en rendre compte de lui donner des indices quant au personnage qui partageait ma vie. Elle criait souvent au scandale prétendant qu'il était en train de me détruire, et qu'il était vital que je parte. Le souci était que partir m'était impossible, quelque chose me retenait, mais j'étais incapable de dire quoi. Les seuls propos qui sortaient de ma bouche dans ce genre de conversations étaient que Ted allait changer et qu'il m'aimait. Cela faisait bien longtemps que je tentais de me convaincre que mon petit ami ne pouvait être ce vilain personnage dont ma sœur et Raph avaient dressé le méchant portrait, et qu'il changerait, parce qu'il m'aimait. Oui j'en avais été persuadée à tort pendant des mois. Il changerait.

Après m'être longuement dévisagée dans le miroir, je soupirai et enfilai mon peignoir péniblement. Je ne ressemblais plus à grand-chose et me sentais dépérir, consciente mais impuissante. Un terrible sentiment, se voir se dégrader mais ne pas réussir à agir. En repos forcé du fait de mon état de santé, je n'eus pas la force de m'habiller et décidai de ne rien faire, pas même la vaisselle. De toute façon, je n'avais pas d'énergie et tenais debout tant bien que mal, alors le ménage pourrait attendre. Je sortis de la salle de bain les cheveux en vrac et mouillés. Je me rendis dans la salle à manger, et en effet, Ted n'était plus dans l'appartement. En m'approchant du plan de travail de la cuisine pour me faire couler un café, j'aperçus au coin de la cafetière le téléphone portable de Ted. Ce n'était pas son style d'oublier son mobile, il y faisait toujours très attention, j'avais même une interdiction formelle d'y toucher. Ted devenait furieux si j'avais le malheur de regarder simplement l'heure dessus, il disait qu'avec ma poisse légendaire et mes mains malchanceuses je risquais de lui effacer tous ses contacts professionnels et dérégler son agenda, juste en appuyant sur un bouton. Il insistait sur le fait qu'il se mettrait dans une colère noire s'il me voyait sur son téléphone. J'avais donc toujours respecté ses consignes.

Mais ce jour-ci, je ne sais quelle intuition me poussait à ouvrir son mobile et à tout examiner dans les moindres détails. Tout y passait, son répertoire, ses mails, et sa messagerie écrite. C'est alors que je tombai sur un échange brûlant de messages d'une certaine Veronica Martin. Tout de suite le nom me sauta au visage : c'était une cliente du cabinet. Dans les messages, Veronica lui disait qu'elle se souviendrait toute sa vie de la nuit qu'ils avaient passé ensemble et que personne ne lui avait jamais fait l'amour avec autant de force et de passion. Charmant. Ted répondait que s'il le pouvait il plaquerait tout pour elle et qu'il la tiendrait vite au courant du prochain pseudo-séminaire qu'il pourrait organiser, ainsi ils passeraient trois jours d'affilé ensemble. Ainsi donc voilà ce qu'il faisait lors de ses fameux déplacements professionnels. Mais ce n'était pas tout, je découvris aussi une Céline, un peu plus loin une Hélène, et aussi une Marie quelques semaines auparavant.

Ma tête se mit à tourner. Je dus m'asseoir par terre contre le meuble de la cuisine pour ne pas faire un malaise. Mon cœur se mit à battre plus fort et plus vite. Le plus étrangement du monde, quelques larmes se mirent à couler mais je parvins à les arrêter au bout de deux minutes à peine. J'avais atteint un tel déclin que je commençai à ne plus avoir de larmes à verser, mais surtout de la colère à exprimer. Cette découverte me fit mal jusqu'au plus profond de mon âme. J'eus différentes sensations en même temps : je me sentis tout d'un coup blessée, vexée, lésée, humiliée, en plus d'être trompée, j'eus l'impression d'être nulle, de n'avoir pas réussi à garder mon petit ami. Qu'avais-je fait, ou pas justement, pour en arriver au fait qu'il y ait autant d'échanges avec autant d'autres femmes ? Qu'avaient-elles de plus que moi ? Pourquoi Ted me gardait-il si j'étais si peu importante pour lui ? Plus que par la tristesse, je fus envahie par l'incompréhension, par les doutes. Je m'en voulais à moi-même, je lui en voulais à lui, je me détestais. Je ne savais pas quoi faire, partir ou rester, tout casser ou rester calme, le gifler ou ne rien laisser transparaître. Je le haïssais tout d'un coup, et la seule pensée de l'imaginer en train de coucher avec une autre me mit en rage. C'est fou le nombre de sentiments qui se mélangent au même moment lorsque l'on découvre que l'on est trompé. Je fus subitement envahie par une multitude de sentiments différents et forts. Mais que faire ? Devais-je faire la même chose ? Non, je n'en étais pas capable, je n'avais pas suffisamment confiance en moi pour aller coucher avec un inconnu et j'étais convaincue que personne ne voudrait de moi, j'étais devenue si laide, si maigre, si fade. Ted m'avait un jour dit que je ne ferais même plus envie à un chien. Je lui avais donc demandé ce qu'il faisait avec moi si j'étais si affreuse, ce à quoi il avait répondu, l'air triomphant « Je me le demande tous les jours Lisa, sans doute parce que cela me coûterait trop cher de te licencier et d'embaucher quelqu'un d'autre ! ».

Alors je décidais de me taire. Il me faudrait beaucoup de cran pour jouer la comédie mais bizarrement, je voulais voir jusqu'où il pourrait aller dans sa mascarade. Je consulterais doublement mon médecin et prendrais double dose de tranquillisants si besoin, mais je ne voulais rien montrer pour une fois. Je laisserais faire, je ferais comme si je n'avais rien vu, je le laisserais me mentir, me prendre pour une idiote. D'une part, pour ma tranquillité car s'il savait que j'avais fouiné dans son téléphone, je m'exposais à un conflit terrible, d'autre part je voulais entrer dans son jeu et voir où se trouvaient ses limites. Et puis, peut-être que Ted avait eu ces aventures mais ne fréquentait plus ces femmes ? Même si j'ignorais le nombre de conquêtes, je n'avais pas envie de lui en parler dans l'immédiat. Je me préparais à souffrir davantage car je savais à quel point tout encaisser sans rien lui dire me coûterait. Tant sur le plan physique que moral.

Je posai le téléphone en prenant soin de l'essuyer pour enlever toute trace de main, et en veillant à le replacer dans la même position que celle dans laquelle il était. Je me fis couler un café, puis m'installai sur le sofa, en peignoir et me couvris du plaid polaire. J'allumai la télé, sans la regarder. J'avais le regard dans le vide, je ne pensais à rien, je me sentais vidée de toute énergie, j'étais fatiguée de nouveau alors que j'étais debout depuis seulement une heure et demi. Soudain la porte s'ouvrit et Ted surgit en trombe. Il se mit à courir dans l'appartement. J'aurai été surprise qu'il ne revienne pas le chercher. Son téléphone à la main, il s'arrêta à mon niveau, me regarda un instant, s'approcha puis m'embrassa sur le front en me glissant à l'oreille « Passe une bonne journée, sois sage et ne fais pas de bêtise ! ».

Les mots qu'il avait utilisés étaient évidemment très ironiques. Un an ou deux plus tôt, j'aurai été incapable de décrypter ce type de propos. Avec l'expérience et notre vécu, je commençais à me rendre compte à qui j'avais affaire. Évidemment je serais sage, j'avais perdu onze kilos, je ne tenais presque plus debout, j'étais constamment épuisée, j'étais affaiblie et mon moral faisait des vagues. Je ne risquais pas de faire la fête à la maison en son absence, il le savait très bien. Le « sois sage » insistait sur le fait que j'allais passer une journée de plus à ne rien faire, il n'ignorait pas à quel point cela me faisait de la peine, j'adorais mon travail et je détestais ne rien faire. J'avais tout juste cette impression d'être rabaissée à un statut de légume depuis ce fichu accident. Je devais en revanche m'estimer heureuse, mes migraines avaient diminué grâce à un traitement de cheval. On m'avait prescrit un myorelaxant, grâce à quoi je retrouvais un semblant de paix. Mais j'en payais le prix en étant un peu moins vive il fallait bien le reconnaître, j'avais même tendance à somnoler de temps à autre et le médecin avait demandé que mon arrêt de travail soit prolongé. Il fallait en discuter avec mon patron mais j'appréhendais sa réaction.

Je n'eus pas besoin de me tracasser pour cela. Lorsqu'il rentrait de sa journée de travail ce soir-là, il s'était assis à côté de moi sur le canapé, que j'avais investi toute la journée, et me dit : « Tu sais j'ai bien réfléchi. On s'en sort largement avec mon salaire, et tu pourrais rester ici. Je veux dire tout le temps. Lisa je pense qu'il faut que tu laisses ton travail pour prendre soin de toi. Tu n'as pas besoin de travailler et au moins tu pourras prendre tout ton temps pour te soigner. » Il mit en avant le fait qu'il se débrouillerait et qu'il mettrait une collègue à mon poste en mi-temps pour traiter les dossiers les plus urgents et pallier mon absence. Me passant sa main dans les cheveux et m'embrassant tendrement, il me dit alors qu'il préférait cent fois me savoir en toute sérénité chez nous que dans mon état au bureau. Il continuait en arguant que je pourrais prendre enfin le temps de faire un peu les boutiques pour moi, me lever un peu plus tard pour récupérer mon manque de sommeil, sa voix se faisant plus douce et sa main caressant ma joue. Il affirmait qu'il travaillerait quelques heures de plus par semaine pour gagner un peu plus d'argent et que tout irait bien.

L'idée me plaisait mais j'avais toujours refusé le moindre arrêt de travail par amour pour mon job, par envie de rester active et par fierté de rapporter un salaire. Il m'expliquait alors que je ne devais pas culpabiliser, qu'il tenterait de trouver une solution pour mon bien et rien de plus, qu'à ses yeux le fait que je ne travaille plus ne changeait rien à l'amour qu'il me portait. Mais étrangement face au discours qu'il me tenait, je ne parvenais pas à puiser en moi-même la force nécessaire pour défendre mon bifteck et me battre pour conserver mon travail. Pour clore cette conservation, je ne trouvai pas grand-chose à redire, et ensuquée par mon tranquillisant et par ses grands discours, je ne cherchai même pas à négocier.

En quinze minutes et sans grande discussion, Ted m'avait fait lâcher mon travail. Le lendemain, il m'apportait tous les papiers en rentrant le soir, en précisant qu'il avait déjà tout signé pour me rendre service, et insista sur le fait qu'il était question de me faciliter la tâche. Il termina tout ceci par un « Voilà, au moins là, tu seras beaucoup mieux désormais ma chérie ». Avec du recul, la traduction exacte de cette phrase est « Ici au moins, tu seras sous mon contrôle et à mon entière disposition ».

Je me retrouvais donc pour résumer, affaiblie, sous traitement, fatiguée, trompée, amaigrie, humiliée, insultée, et au chômage, vivant dans un appartement pour lequel mon nom n'apparaissait même pas sur le bail, pour ainsi dire, je vivais chez mon petit ami et n'avais rien à moi, à part ma voiture. Je pensais que je ne pouvais pas tomber plus bas. En fait si, je le pouvais, et je n'allais pas tarder à le savoir.

# 22.

Edna comme à son habitude, notait. Je terminai à peine de lui narrer ma fameuse démission forcée. Elle avait toujours ce visage très concentré lorsqu'elle prenait ses notes. Elle remit ses lunettes en place sur le bout de son nez, releva le nez de son calepin puis s'alluma une cigarette. Elle m'en proposa une que j'acceptai volontiers et m'expliqua que les pervers manipulateurs étaient fascinants sur ce plan. Elle poursuivit en me disant qu'ils parvenaient à faire dire n'importe quoi à ce qu'elle appelait leurs « sujets ». Ils avaient ce quelque chose de très commercial, de très vendeur, de très persuasif, grâce auquel ils vous auraient fait acheter n'importe quoi, alors que vous saviez pertinemment que vous n'en aviez pas besoin, et après avoir dit trois fois non. Ils parvenaient à obtenir de vous des actes, des paroles, des objets... que vous n'auriez jamais fait, dit ou donné. La technique utilisée était bien rodée : il s'agissait de tout faire pour vous faire comprendre que l'action voulue est dans votre intérêt, que cela est bien mieux pour vous. Edna ajouta que, par la même occasion, le pervers manipulateur se glorifie en disant, comme dans mon cas de cessation d'activité, qu'il travaillera plus, ce qui le rend admirable. Mais, lorsqu'il affirme qu'il travaillera plus pour « pallier le manque de salaire dû à l'arrêt de votre activité », vous ne vous apercevez même pas qu'il vous culpabilise tout en douceur. Car c'est à cause d'une rentrée d'argent de moins dans le foyer qu'il devra travailler plus pour subvenir aux besoins du foyer, dont c'est directement à cause de vous. Il passe pour un héros et vous, pour quelqu'un qui a besoin de lui.

Elle continua en insistant sur le fait que le pervers manipulateur joue toujours sur deux tableaux : la bienveillance, qui n'est en réalité que de la condescendance, et la culpabilité.

- Vous voyez Lisa, il vous a imposé à ce moment-là de cesser de travailler pour vous soigner et pour que vous puissiez vous occuper de vous. Et de lui par la même occasion.

- Oui Edna c'est le mot, il me l'a imposé.

- Pourtant, dans la façon dont il vous l'a présenté, il vous l'a simplement suggéré en vous disant « je pense que... » et VOUS avez accepté, insista-t-elle, mais la malheureuse réalité est qu'il ne vous a guère laissé le choix et vous auriez sans doute été licenciée par la force des choses. Il avait même signé les papiers à votre place ! Là où il y a eu manipulation c'est dans le fait qu'il vous a vendu l'arrêt de votre activité comme une nouvelle occasion de prendre soin de vous, alors que le but véritable de ne plus vous faire travailler, c'est que vous devenez à ce moment-là complètement dépendante de lui : plus de travail, plus de rentrée d'argent, pas d'appartement à vous, dans un état de santé minable. Sans compter que vous lui avez refusé un enfant, il était donc d'autant plus important pour lui d'être certain que vous ayez besoin de lui afin de lui passer ses quatre volontés, d'être sous son contrôle, et quelque part de vous faire payer le refus de fonder la famille. C'est là le but même du manipulateur, il veut vous posséder, il estime que vous êtes à lui et qu'il doit pouvoir faire de vous ce qu'il veut. Et, très important, il ne tolère pas que vous puissiez lui refuser quoi que ce soit, et de fait, vous affirmer ou imposer vos choix revient à le payer tôt ou tard. Sur le moment, vous vous êtes retrouvée comme nue, et lui seul avait le pouvoir de vous vêtir.

- J'en ai conscience malheureusement. D'autant que, j'allais y venir, après m'avoir fait lâcher mon travail, mon indépendance et ma santé, j'allais bientôt me retrouver sans voiture et le compte bancaire vidé !

- Vous me racontez ?

- Je suis là pour ça, répondis-je.

# 23.

Raph et moi avions décidé d'aller boire un verre dans le centre-ville de Nice. Après bientôt deux semaines sans le voir, je ressentais un véritable besoin de passer du temps avec un ami sincère, avec lui. J'avais tant de choses à lui raconter, entre mes séances de travail avec ma psychologue, mes projets de voyages, mes recherches d'emploi, nous risquions de ne pas rentrer très tôt. Nous avions atterri ce soir-là au Bacchus, pour moi ce fut un verre de Buzet et Raph avait choisi un Chivas sec sans glace.

Il me raconta ses vacances, une semaine durant laquelle il avait fait un saut rapide à Barcelone pour aller voir des amis de jeunesse. Il me promit qu'il m'y emmènerait un jour, simplement pour me montrer la beauté du paysage dans lequel il avait grandi mais aussi toute la richesse de la Catalogne. Il passa une bonne heure à me parler de la Cathédrale gothique Sainte-Eulalie qui à ses yeux était une merveille sans nom, de la Sagrada Familia, de la colonne Christophe Colomb, et de tout un tas de bâtisses qu'il fallait absolument que je voie. Dans ses yeux brillait une étincelle qui me poussa à lui demander pourquoi il ne pourrait pas un jour retourner vivre là-bas puisqu'il semblait aimer vraiment ce coin. Il me répondit que de ne plus me voir lui causerait trop de peine. Il me toucha tellement que je sentis mes joues rosir.

Nous avions choisi ce soir-là un endroit qui nous ressemblait un peu, doté de lumières tamisées et dans un style lounge. Un endroit où nous nous entendions parler sans problème, et dans lequel nous pourrions nous détendre. Nous passions une fois de plus une soirée entière à refaire le monde, et nous avions à peine le temps de nous raconter quelques anecdotes qu'il fut déjà minuit passé. J'aimais être avec Raph car alors plus rien n'avait d'importance, juste lui, moi et nos drôles de conversations. Nous avions évoqué de la façon la plus naturelle qui soit le fait qu'un jour peut-être nous serions tentés de ne plus être de simples amis. Je m'étais plu à me laisser séduire, et l'idée que je me laisse courtiser lui convenait visiblement. Il avait posé un instant sa main sur la mienne et alors je n'avais rien dit. Je m'étais comportée de la façon la plus habituelle qui soit, je m'étais même surprise à tourner doucement ma main pour pouvoir serrer la sienne. Après tant de temps à me poser mille et une questions stupides sur l'amour et ses travers, je me laissais aller à songer de nouveau au couple. Et sans la moindre culpabilité, sans la moindre gêne, sans le moindre mauvais sentiment.

Lorsque Raph me proposa de me raccompagner chez moi, j'acceptai bien volontiers. Il s'était mis à pleuvoir entre temps et nous n'avions ni l'un ni l'autre prévu de parapluie, heureusement que mon appartement était juste quelques rues plus loin. Cela nécessitait dix minutes de marche tout au plus. Nous quittâmes le bar en direction de ma rue. Au bout de quelques pas, Raph m’entraîna dans un petit renfoncement. Je lui demandai alors quelle mouche l'avait soudainement piqué lorsque, en mettant simplement sa main sur ma bouche et en dirigeant ma tête vers ce qu’il vit, j’aperçus June ... mon estomac fit un bond et j’eus un haut-le-cœur. Je n’en revenais pas.

Des mois sans nouvelles, des semaines entières à nous demander s'il ne lui était rien arrivé de mal, une mauvaise rencontre, un déménagement contraint ou son décès tout simplement, et elle apparut là juste sous nos yeux. Nous restions alors tapis dans notre petit renfoncement, à prendre l'eau de partout, mais nous n'en avions que faire tant nous voulions savoir ce qu'elle fichait dans les parages après avoir menti à tout le monde. Je regardai Raph avec de grands yeux ébahis, il me fit signe de ne pas faire un bruit. Nous attendîmes quelques instants. Sous les arcades de la place Masséna, elle avait rendez-vous avec quelqu'un visiblement. Il était environ une heure du matin. C'est sûr, elle cachait quelque chose et nous voulions en savoir plus. Au bout d'à peine dix minutes, Ted débarquait. Il courut en direction de June et l'embrassa amoureusement. Nous entendîmes seulement Ted lui dire « Ma Rita ». Il s'éloigna une seconde, marmonna quelque chose dont on ne comprit rien et June sortit de son manteau de fourrure une enveloppe qu'elle lui tendit. Il la mit dans son veston en regardant de droite et de gauche comme pour s'assurer que personne n'avait assisté à la transaction puis ils partirent main dans la main d'un pas un peu pressé.

Nous étions tout simplement abasourdis. Tellement effarés par ce que nous venions de voir que nous prenions l'eau jusqu'aux os. Raph me prit par la main et m'entraîna au loin afin que nous rentrions nous mettre au chaud. Quelques minutes plus tard nous arrivions chez moi. Là, nous ôtions chaussures et vêtements, pour finir complètement nus et sous la douche, trop pressés d'être au chaud, et sans discuter de ce que nous avions vu ce soir-là, nous en parlerions sans aucun doute un peu plus tard.

Sans même prêter attention à quoi que ce soit, nous nous comportions comme un petit couple déjà bien construit et prenions alors notre première douche ensemble. Raph avait tellement de douceur lorsqu'il me regardait que je me laissais bercer par sa tendresse. Sous la chaleur de l'eau, il passa sa main sur mon visage, me caressa avec une délicatesse que je croyais disparue à tout jamais, et m'embrassa. Ses lèvres sur les miennes me faisaient penser à cette sensation que l'on a lorsque l'on caresse un drap de satin. De la douceur encore et encore. J'en frémissais et me laissais complètement aller. Ses mains descendaient et je ne voulais pas l'interrompre, c'était bien la première fois depuis longtemps que j'avais droit à des caresses sincères. Elles passaient sur mon cou, puis descendaient, elles arrivaient sans mal sur mes seins, puis descendaient encore... Bientôt elle se retrouvaient sur mes hanches, passaient sur mes fesses, pour finir sur le bas de mon abdomen. Là, ma main saisit vivement la sienne... Mais j'étais tellement dévorée par le désir que ma main aida la sienne, à descendre encore plus bas. Nous fîmes l'amour avec tellement de passion ce soir-là que je ne me souviens plus dans quel ordre nous avons visité mon appartement ni à quelle heure nous avons trouvé le sommeil.

# 24.

*Deux ans plus tôt...*

Je devins au fil du temps la gentille petite copine qui ne disait plus rien. On pouvait me faire tout et n'importe quoi, de toute façon je n'avais plus un brin d'énergie pour répliquer. En un mot, j'étais soumise. Je n'avais plus d'emploi, ma santé se détériorait de plus en plus, je ne dormais pas plus de trois heures par nuit et de façon entrecoupée, je n'avais plus d'appétit et plus rien ne me procurait de plaisir. Les choses qui me faisaient hurler de rire dans le passé me laissaient à présent tout à fait indifférente. La nourriture qui me faisait tant envie auparavant me donnait désormais des nausées terribles. J'avais perdu depuis ma rencontre avec Ted un total de dix-huit kilos. J'étais méconnaissable. Un jour j'avais même croisé une vieille connaissance de l'université au supermarché qui m'avait demandé où était ma joie de vivre ? Cette vieille copine m'avait dit mot pour mot : « Je t'ai connu plus en forme ma poule, j'espère que tout va bien, tu as l'air si fatiguée ! ». La connaissant, elle aurait voulu me dire « Tu ressembles à un cadavre » mais elle s'était sans aucun doute retenue.

La coquetterie qui me dévorait autrefois avait disparu. Plus aucun artifice ne décorait mon visage, pas même une couche de mascara. Je sortais les cheveux noués en boule sur le haut de ma tête et cela me suffisait. Parfois même, lorsque je n'avais pas de force pour m'attacher les cheveux, je les laissais libres sans même les peigner. Je ne voulais plus me faire jolie. Ted me répétait souvent qu'un camion de ciment ne suffirait pas à cacher ma sale gueule. Et si au début cela avait tendance à me faire sourire, cela avait fini par me toucher profondément. Si cela avait été une boutade isolée, je m'en serai accommodée. Mais je me trouvais épuisée d'entendre ces immondices à longueur de journée et j'avais fini par les croire. D'ailleurs, un matin au réveil, j'avais retrouvé tout le contenu de mes artifices féminins dans le conteneur à poubelles à côté de l'appartement. La totalité de mon maquillage jeté avec les ordures. Lorsque je lui avais demandé s'il n'avait pas vu ma trousse à maquillage, il m'avait répondu qu'elle se trouvait là où j'avais moi-même ma place et que je n'avais qu'à mieux chercher. En allant jeter la poubelle deux heures plus tard, j'avais aperçu mes affaires, et m'étais effondrée, en larmes.

Chaque jour qui constituait ma vie de marionnette

était ponctué par les réflexions de Ted. Un jour, pour tenter de comprendre, je lui avais demandé pourquoi il était parfois si méchant avec moi. Il me répondit alors qu'il se contentait de moi parce qu'il n'en avait pas le choix, que cela l'affectait profondément, et que de fait il passait ses nerfs sur le premier truc qui lui passait sous la main. C'était moi le fameux truc. Il finissait toujours par « Tu vois, je travaille MOI, je passe des journées harassantes MOI, tu ne peux pas comprendre, tu ne comprendras jamais, et je ne sais même pas s'il y a quoi que ce soit sur terre que tu puisses comprendre avec tes petites capacités cérébrales ». Mon quotidien ! J'étais verbalement meurtrie chaque jour que Dieu faisait. Et lorsque j'essayais d'avoir une conversation plus poussée avec lui, il fuyait littéralement en affirmant qu'il n'avait pas à se justifier et que si quelqu'un devait des comptes à l'autre, c'était bien moi. Il répondait toujours à côté lorsque je lui adressais une question sérieuse. En fin de compte, il n'y avait que pour m'insulter, me rabaisser ou se moquer de moi qu'il acceptait de me répondre, là sans aucun souci il trouvait toute l'inspiration du monde. En comparaison avec le commencement de notre relation, il était très clair que nous n'avions plus du tout les mêmes rapports.

Nous avions un comportement quasi normal les rares fois où nous sortions, devant les gens nous étions un petit couple tout ce qu'il y avait de plus ordinaire et Ted montrait beaucoup de signes d'affection à mon égard, passant sa main autour de ma taille, m'embrassant dans le cou et me regardant avec amour. Il m'invitait au restaurant pour mon anniversaire et pour notre anniversaire de rencontre. Cette date m'insupportait tellement sur la fin que je faisais tout pour boire le plus possible et rentrer ivre, ainsi je ne savais rien de ce qui se passait ensuite lorsque nous rentrions.

De toute façon, il ne se passait plus grand chose. Nous n'avions de rapports sexuels que lorsque Ted le désirait. Pour ma part, je n'avais plus du tout envie de lui, il me répugnait plus qu'autre chose. Le sentir simplement se rapprocher de moi dans le lit et coller son bassin contre mes fesses pour me faire comprendre que j'allais passer à la casserole, me donnait envie de vomir. Généralement c'était ainsi que se passaient nos relations sexuelles. Il enclenchait la démarche. Je n'éprouvais plus de plaisir comme avant et me laissais faire, pour avoir la paix bien souvent. Il m'arrivait même parfois d'avoir l'impression de me laisser violer. Je sentais dans sa façon de me faire l'amour que j'étais un objet, une chose, une prostituée tout au mieux qu'il s'était attribué pour passer un bon moment. Je ne supportais déjà plus cette façon qu'il avait de me diminuer constamment et depuis quelques temps je ne supportais plus le moindre rapport sexuel. En fin de compte je ne supportais plus rien entre lui et moi.

Mais j'avais à présent conscience que je souhaitais partir de ce quotidien d'enfer, et ce n'était qu'une question de temps. Ma décision était prise, j'allais partir et quitter ce dégénéré. J'allais partir et me reconstruire, après tant de temps à m'être laissée détruire. J'appréhendais et j'avais en même temps conscience que c'était la meilleure chose qui pourrait m'arriver. Il ne me restait plus qu'à trouver un moyen, le moment parfait et surtout suffisamment de courage. J'étais restée des années avec lui et j'avais toujours eu espoir qu'il change, qu'il cesse de se comporter ainsi avec moi et que nos relations retrouvent un équilibre, mais j'avais, en fin de compte, réalisé qu'il n'y aurait jamais d'équilibre dans notre couple et que Ted ne changerait jamais. Les divers documents que j'avais lu à ce sujet expliquaient que malheureusement les personnages comme Ted ne changent jamais. Au mieux ils font croire qu'ils vont faire des efforts et faire semblant de reconnaître quelques torts, pas tous bien entendu, mais ils ne changent pas. Ted jouait avec moi et jouerait toujours avec moi. Et ça, j'en étais convaincue, je ne le voulais plus.

Un dimanche matin, comme souvent le dimanche,

je m'habillais rapidement pour aller chercher les croissants. Ce n'était pas tant le petit-déjeuner qui me faisaient envie mais le fait de faire une promenade seule. J'aimais marcher dans les rues de Nice au petit matin et je me forçais à aller dans une boulangerie plus éloignée afin de marcher un peu plus longtemps, ce qui retardait le moment où je rentrais à l'appartement, et cela m'allait très bien. Mais ce jour-ci fut un jour terrible pour moi. En sortant de l'immeuble, je remarquai que ma voiture, habituellement garée juste en face de la porte, n'y était plus. Je déglutis tout d'abord. Je me retournai. Je crus tout d'abord l'avoir garée ailleurs. Je rentrai dans l'appartement et réveillai Ted, totalement paniquée. Je lui demandai s'il avait vu ma voiture. Ce à quoi il répondit « Tu es sérieuse Lisa, merde c'est pour ça que tu me réveilles ? Bien sûr que non je ne conduis pas ta voiture, tu as un grain Lisa !», sur quoi il s'extirpa du lit en ronchonnant et vint voir dehors. Lorsqu'il s'aperçut de l'absence de mon véhicule, il fit un petit tour dehors en pantoufles et pyjama-peignoir, puis revint au bout de deux minutes en me disant froidement « Lisa, on t'a piqué ta caisse voilà tout ».

Je fondis en larmes et m’écroulai par terre. Ma modeste petite voiture était tout ce qu'il me restait d'indépendance. Je n'avais à présent plus aucun moyen de me déplacer seule, à part bien entendu les transports en commun mais cette voiture, la première que je m'étais payée, avait disparu sans laisser de trace et le peu de liberté qui me restait jusqu'à lors venait de s'envoler. Ma vie continuait de s'émietter. Je n'en obtiendrais sûrement qu'un tout petit remboursement de la part de l'assurance étant donné l'âge de mon auto et j'en étais encore plus attristée. Comment pouvais-je avoir si peu de chance, comment la vie pouvait-elle s'acharner sur une personne de cette façon ? Une santé fragilisée, un petit ami littéralement détestable, plus de travail, de maigres économies sur le compte, plus de voiture, pas d'appartement fixe, et moi qui préparais secrètement mon départ, c'était une catastrophe.

- Vous n'avez jamais eu de nouvelles de votre voiture j'imagine ? me demanda Edna.

- Et bien figurez-vous que j'ai appris un peu plus tard par un ancien collègue fâché avec Ted que c'est Ted lui-même qui avait organisé le vol de ma voiture !

- Vous rigolez ?

- J'aimerais mieux, répondis-je. Ted avait une connaissance qui possédait une casse automobile. Il lui a vendu ma voiture pour une poignée de figues et l'autre l'a eue pour pièces étant donné que je la déclarerais forcément volée.

- Sacré nom de Dieu, il y a vraiment des tarés ! s'insurgea Edna en allumant une cigarette. J'en pris une aussi.

- Comme vous dites, ajoutai-je. J'étais du coup totalement vulnérable sans voiture, je ne pouvais plus faire de trajets importants, cela limitait ma vie sociale aussi.

- Et puis, s'enquit Edna, outre le fait de vous priver d'indépendance, il vous atteignait une nouvelle fois dans votre ego, et les manipulateurs se nourrissent de ça, ils jubilent de vous voir diminuée, ainsi vous auriez besoin de lui pour aller faire les courses par exemple, ou aller chez les médecins, et le simple fait de lui demander de vous emmener a dû être jouissif pour lui. Par ailleurs, ce point est très important car lors de vos rendez-vous chez les docteurs vous évoquiez votre mode de vie, et donc peut-être Ted. Il n'est pas impossible qu'il ait chercher à assister à vos rendez-vous médicaux pour savoir ce que vous racontiez à votre médecin. Un manipulateur se soucie beaucoup de ce genre de choses, et je pense fortement que Ted a voulu fouiner dans vos rendez-vous privés pour savoir si vous ne divulguiez pas trop d'informations le concernant. Les manipulateurs prennent toutes les précautions possibles pour ne pas être démasqués. Le terme peut vous sembler exagéré pourtant c'est ainsi, ce genre de personnage éprouve du plaisir à observer votre mal-être. Votre souffrance a été sa nourriture. C'est en cela qu'ils sont des « pervers » manipulateurs. Et j'insiste sur le mot « pervers », du fait que cela leur fait du bien de vous faire du mal. Cela leur donne une occasion supplémentaire de vous montrer que vous avez besoin d'eux et qu'ils sont quelque part supérieurs à vous.

- Mais comment peut-on être ainsi ? demandai-je.

- Vous savez, on remonte souvent dans l'enfance pour ce genre de personnages. On trouve généralement un manque affectif important, une frustration qui aurait dépassé le stade du raisonnable ou un traumatisme relevant du relationnel ou de l'affectif, cela peut être très vaste et beaucoup de pistes sont possibles. C'est pour cela que je cherche à étudier ces personnages, savoir comment ils se comportent à l'âge adulte et ensuite confronter mes résultats avec le stade de l'enfance, puis avec des adolescents ayant été confrontés également aux différents cas cités.

- Les manipulateurs, comme vous les appelez, sont-ils conscients de leur méchanceté ? demandai-je, intriguée.

- Eh bien, poursuivit Edna, on a longtemps cru qu'ils n'étaient pas conscients de leurs actes mais quelques témoignages laissent à penser que certains manipulateurs agissent en pleine conscience. Je pense que sur ce plan-là, il faut faire du cas par cas. Une chose est certaine, c'est qu'ils ne culpabilisent pas du mal qu'ils vous font, même s'ils se mettent à pleurer en implorant votre pardon, ce n'est qu'une vaste comédie. Un manipulateur ne souffre pas de ce qu'il vous inflige, puisque c'est précisément ce qui le nourrit et c'est dans votre souffrance qu'il trouve son épanouissement.

- Je vois... Je n'ai qu'un regret Edna vous savez, c'est d'avoir un jour croisé sa route...

- Et vous avez bien fait de partir, je salue votre courage Lisa, sachez que certaines femmes, ou hommes, mettent des dizaines d'années, parfois trente à quarante ans à quitter leur bourreau, parfois toute une vie. Mais il n'est pas simple de partir, le sujet du manipulateur a toujours peur des conséquences d'un éventuel départ et reste, impuissant. D'ailleurs certains, malheureusement, ne trouvent jamais la force ou le courage de partir et finissent ainsi leurs jours.

- Non, je n'aurais jamais pu finir mes jours ainsi, affirmai-je. Vous savez Edna, j'aspirai une bouffée de nicotine puis la soufflai lentement, avec le recul désormais je peux vous certifier que si j'avais poursuivi dans mon couple, j'aurais fini par me suicider, avant qu'il ne me tue lui-même en me faisant avaler de quoi m'empoisonner.

- C'est délicat Lisa, rares sont les pervers manipulateurs qui peuvent passer à un acte criminel, même si cela doit certainement arriver. C'est ce que je compte découvrir au fil de mes recherches. Mais quelque part, vous connaissez déjà, avec ce genre de personnages, une mort certaine puisqu'ils vous assassinent psychologiquement et à tout petit feu, c'est en soit une mort atroce j'en conviens.

- C'est tout à fait exact, j'avais au fil du temps, cette sensation de mourir cérébralement... Je ne me souviens pas d'avoir connu plus terrible sentiment.

- Je passe sur autre chose si cela ne vous embête pas, sinon je risque d'oublier, rit Edna. Vous me parliez tout à l'heure d'un compte en banque vidé Lisa, cela vous embêterait-il de développer un peu ce point ?

# 25.

*Un an et demi plus tôt ...*

Ma santé s'était dégradée plus encore. Je n'ai pas le souvenir d'avoir été un jour dans ma vie plus mal en point qu'à cette période. Mes migraines étaient de retour depuis presque six mois, mais fatiguée d'ingurgiter cachet sur cachet je n’en avais rien dit à mon médecin, qui avait pourtant très lourdement insisté pour que je l'avertisse de leur éventuel retour. Je ne voulais pas qu'il m'hospitalise ou me fasse encore d'autres examens. J'étais exaspérée de toutes ces visites médicales. J'en étais à l'équivalent quotidien de deux anti-dépresseurs, deux tranquillisants le soir au coucher et un au réveil, trois aspirines par après-midi, quatre cachets de vitamines, deux de fer, deux de magnésium, et j'en passe... J'étais une véritable pharmacie sur pattes. Et je ne voulais pas en rajouter sur la liste.

Je ne dormais presque plus, je maintenais péniblement mon quota de trois heures de sommeil par nuit, mais depuis quelques mois je ne dormais plus l'après-midi, ce qui pourtant m'avait aidé à tenir le cap jusque-là. Je mettais le retour de mes migraines sur mon absence de sieste. La vérité, c'est que Ted était de plus en plus oppressant, de plus en plus moqueur, méchant, tout était prétexte à me rabaisser et à me dire que j'étais inutile, que je n'avais pas ma place sur terre, que j'avais moins d'intérêt qu'un vers de terre qui lui, au moins, avait l'utilité d'aérer le sol. Les reproches sur mes tenues vestimentaires négligées et sur mon apparence fusaient. Il me disait qu'il ne regrettait pas de m'avoir mise au chômage sans quoi j'aurais effrayé tous les clients au bureau. Il me disait qu'il était inadmissible que je me laisse aller à ce point, alors que c'est lui qui avait jeté mes produits de beauté, et pointait du doigt ma maigreur. Je savais qu'il avait quelqu'un d'autre et il ne s'en cachait pas. Il me disait que cela lui permettait de prendre conscience qu'il avait encore un peu de pouvoir de séduction étant donné le déchet avec lequel il vivait. Sous-entendu moi, évidemment. Au départ, j'en avais eu le cœur brisé, et puis en fin de compte cela me donnait une bonne raison de partir même si la peine que tout cela me causait était indéfinissable.

Parfois, lors de nos rapports sexuels, il me disait des « je t'aime » qui avaient l'air tellement sincères, il me passait la main dans les cheveux, il avait de vrais moments de tendresse, il m'embrassait dans le cou, me murmurait des mots d'amour, me disait qu'il me trouvait belle et que sans moi il n'était rien du tout. De temps à autre, lorsqu'il était d'excellente humeur, il me rapportait un cadeau, le dernier en date était une somptueuse pochette de soirée couleur corail que j'avais vu dans une vitrine et pour laquelle j'étais restée pantoise pendant de longues minutes. C'est vrai cela me faisait plaisir, mais je savais très bien qu'il s'agissait simplement de mieux faire passer les moments d'orage avec ce genre d'attentions. Rien de plus. L'intention réelle de me faire plaisir n'y était pas j'en étais sûre. Il m'achetait. Il achetait mon calme, mon silence, ma patience. J'étais déchirée de toute part, il fallait sans cesse que je jongle entre un peu de tendresse et beaucoup de méchanceté. Je n'arriverai jamais à décrire à quel point cela peut être usant de jongler de la sorte avec les sentiments. Pendant très longtemps je m'étais accrochée à ces petits semblants d'amour qu'il m'offrait de temps en temps, en étant convaincue qu'ils seraient plus nombreux que nos disputes. En vain.

Ted ne parlait jamais de mon état de santé. Lorsque je revenais de chez mon médecin traitant, je cherchais à parler de mes soucis de santé avec lui. Mais systématiquement il changeait de conversation. Cela ne l'intéressait visiblement pas. Un jour, je lui avais demandé pourquoi il ne me demandait jamais de détails sur mes rendez-vous médicaux ou sur ma santé. Il m'avait répondu que j'exagérais tout et que si je me mettais un bon coup de pied au derrière je pourrais aller mieux. Que j'étais seule responsable de ma santé pourrie. Que si je voulais dormir je n'avais qu'à arrêter de me torturer le cerveau, que ma perte de poids était ma faute car c'est moi qui refusait de manger plus. Il me disait que j'avais toujours un pet de travers et qu'il avait rarement vu d'hypocondriaque comme moi. J'avais, de ce fait, renoncé à tout échange concernant ce genre de discussion, et même si je ne trouvais pas d'oreille attentive ni une épaule sur laquelle me reposer, j'avais au moins la paix et je m'épargnais des remarques acerbes supplémentaires.

Nous avions un rapport à l'argent qui était devenu un peu particulier. Je touchais des indemnités pour le chômage à la suite de mon licenciement. Ted avait un salaire bien plus que satisfaisant et parvenait à subvenir à tous nos besoins. Il payait le loyer, les assurances, l'électricité et l'eau, je payais les courses afin d'avoir encore un peu de fierté d'apporter ma modeste contribution au foyer. Je n'avais en revanche, plus grand chose restant sur mon compte une fois les courses payées et je n'arrivais plus à mettre un sou de côté. Au vu de la situation, j'avais peur de devoir piocher dans mes économies sous peu. J'avais l'idée de retrouver un emploi pour me remonter financièrement, Ted m'avait ri au nez en me disant « Mais Lisa qui voudrait embaucher une empotée comme toi ? Regarde-toi ! Sans déconner, redescends sur terre, tu ne trouveras rien dans l'état où tu es ! Qui voudrait d'une loque comme toi ?».

Un soir, une violente dispute éclata. J'avais tenu tête à mon bourreau en lui disant que je ne supportais plus ses remarques et qu'il n'avait qu'à se les coller où je pense, et que je lui devais tout le malheur qui me touchait, de ma santé, en passant par le travail et ma vie en général. Je lui avais lancé en pleine figure avec le peu de force qui me restait, qu'il était la cause de tous mes maux et qu'il allait moins rire le jour où je partirai, et que cela arriverait bien plus vite qu'il ne le pensait. Je ne lui avais jamais tenu tête auparavant. Du moins jamais de cette façon, jusqu'à ce jour-là. Et je l'ai payé cher. Très cher. Il m'avait répondu que j'étais une merde, rien de plus, et que j'étais incapable de vivre sans lui, la preuve étant ma situation actuelle. Il avait ri comme une baleine et ne cessait de répéter que c'était la rue qui m'attendait si je mettais un pied hors de l'appartement, qu'il avait le bras long et qu'il ferait tout pour que je ne sois embauchée nulle part, qu'il me pourrirait l'existence plus qu'elle ne l'était déjà si j'avais l'audace de franchir le pas de la porte avec l'intention de ne pas revenir.

J'avais eu le cran de ne montrer aucune émotion à ces propos et m'étais contentée de m'asseoir sur le sofa et d'allumer ma série télévisée préférée. Il avait fini par rétorquer : « C'est ça tu ne dis plus rien, de toute façon tu n'as rien à dire Lisa, je t'ai tout donné, c'est facile maintenant de vouloir partir, bravo, belle mentalité, quel remerciement ! Tu es vraiment une belle garce !» puis il quitta l'appartement en claquant la porte avec une telle force qu'un soliflore tomba de son étagère et se brisa en mille morceaux. J'avais lu quelque part que la culpabilité faisait partie intégrante du processus de destruction des manipulateurs sur leurs sujets, mais j'y étais désormais un peu plus imperméable. Même si cela me blessait toujours dans mon for intérieur, je parvenais à montrer beaucoup moins d'émotions.

Une semaine plus tard, je consultai comme à mon habitude mes relevés de compte bancaire en ligne. Je me connectai sur internet grâce à des codes, ma banque m'indiquait mon solde et les prélèvements qui se présentaient. C'est alors, avec une stupéfaction qui me glaça le sang, que je m’aperçus que le livret d'épargne sur lequel j'avais épargné péniblement ces quinze dernières années, était vide. Complètement vide. Le solde était à un euro et seize centimes. Mon cœur s'emballa d'un seul coup et je crus défaillir. Je cherchais dans ma mémoire un moment où peut-être j'aurais soldé ou transféré les fonds sur un autre compte mais rien ne me revenait en mémoire. J'avais l'impression d'être folle. Bonne à enfermer. J'avais l'impression de perdre la tête. Je sentais des sueurs envahir mon front peu à peu. Je regardai à nouveau les informations affichées sur l'interface de mon compte et relus. Il y était indiqué « Retrait ». Je n'avais pas fait de retrait, j'en étais certaine. Pourquoi l'aurais-je fait, cet argent était tout ce qu'il me restait ? Je n'étais pas si bête ! Du moins je le croyais fortement, mais je mis soudainement à douter. Prise d'une panique incommensurable, je pris la décision de passer un coup de fil à ma banque.

L'attente au bout du fil me parut interminable. Puis une jeune femme décrocha et me demanda de m'identifier à l'aide de mes codes personnels. Ce que je fis. Elle me demanda alors ce qu'elle pouvait faire pour moi. Je lui expliquais.

- Je vous demande un instant Mademoiselle Koltès. Je consulte tout ça et je vous reprends dans un instant. Conservez.

- Merci, répondis-je en tremblant derrière mon

mobile.

- Mademoiselle Koltès ? questionna la guichetière au bout du fil.

- Oui je suis là, haletai-je.

- J'ai vu avec mon responsable car je n'étais pas tout à fait certaine mais la personne à qui vous avez signé la procuration est venue pour retirer les fonds.

Je crus m'évanouir au téléphone, et j'hésitai entre faire une syncope une bonne fois pour toutes et entrer directement en hôpital psychiatrique.

- Je ne vous suis pas, dis-je effarée, quelle procuration ?

- Monsieur Barnier est venu en agence il y a deux jours avec l'autorisation signée de votre part. Il a été reçu par le directeur de l'agence et lui a expliqué que vous lui aviez délégué la gestion de vos comptes en raison de votre état de santé.

- C'est pas vrai, mais quelle ordure ! Je vous en supplie dites-moi que vous plaisantez ! pleurai-je à la guichetière.

- Non, je regrette Mademoiselle Koltès. Monsieur Barnier nous a même expliqué que le retrait de cette somme allait servir aux soins médicaux dont vous avez besoin !

- Mais il y avait quinze mille euros sur mon livret, bordel de merde dites-moi en quoi j'ai besoin de quinze mille euros de soins médicaux ! Je hurlai au téléphone, je devins folle, inconsolable, j'éclatai en sanglots et murmurai « C'est un cauchemar ... ».

- Si vous le souhaitez nous pouvons convenir d'un rendez-vous pour discuter de tout cela, me proposait la guichetière avec un calme olympien. Vous êtes bien à l'origine de tout cela non ?

- Non c'est bien ça le problème... bégayai-je.

- Pourtant nous avons un document signé de votre main, je suis désolée, vous êtes sûre que vous n'avez pas mandaté un membre de votre famille pour procéder à la clôture de votre livret ?

- Non, j'en suis certaine !

Au bout de presque quinze minutes de conversation, nous convenions d'un rendez-vous. J'étais sur les genoux, j'étais au bord du suicide et je me demandais encore ce que je faisais là. Le soir, Ted ne rentra pas, et j'avais dû me contenter d'un texto mentionnant qu'il avait eu une réunion à l'autre bout de la région et que, exténué, il avait pris une chambre d'hôtel. Il devait être chez sa maîtresse et je m'imaginais cette ordure en train de payer un restaurant à sa groupie avec mon argent. J'en étais malade. Cette nuit-là, je ne dormis pas du tout. Pas même dix minutes. Je ne parvins pas à fermer l'œil de la nuit, tenue par mes nerfs. J'étais partie dans les rues de Nice pour marcher, et en rentrant je m'aperçus que ma sortie nocturne avait duré presque trois heures. Je me mis alors à regarder tous les programmes télévisés qui pouvaient occuper la fin de ma nuit éveillée. J'avais englouti sept tasses de café, quatre verres d'eau et trois cachets contre les brûlures d'estomac. Sur les coups de sept heures et demi le matin, Ted m'envoya un autre texto « Je file au bureau. On se voit ce soir. Bisous ». J'avais envie de l'étrangler. Je ne répondis même pas et éteignis mon téléphone.

Plus les heures passaient plus je sentais mon énervement monter. Je décidai de sortir faire un tour vers midi et me dirigeai vers le centre-ville. J'avais envie d'un smoothie et me rendis au centre commercial pour m'en procurer un. Je payais avec les dernières pièces qui dormaient dans mon porte-monnaie. Lorsqu'on me rendit la monnaie, je sentis ma tête tourner, je fus submergée subitement par une sensation de chaleur et j'eus l'impression de sentir le flux de mon sang circuler à toute vitesse dans mes veines. Les battements de mon cœur se firent plus rapides et plus intenses. Mes jambes se mirent à ramollir et sans pouvoir contrôler quoi que ce soit, elles me lâchèrent pour de bon. Là, au milieu de la foule, je perdis tout contrôle et m'effondrai, comme morte.

# 26.

Je fus hospitalisée pour une asthénie sévère. J'étais totalement anémiée, amaigrie plus encore qu'à l'habitude, je ne tenais plus debout et ma tension était catastrophique. Je n'avais plus de règles depuis six mois, mon corps me lâchait peu à peu et à mon réveil j'avais émis le souhait de mourir. Je répétais que ma vie était un désastre, que j'avais tout perdu et que mourir était sans doute la suite logique de tout ce qui m'arrivait. Le peu de force qui maintenait mon corps en vie me servait à pleurer. J'étais dans un état pitoyable. Ted aurait été content de me voir ainsi, il aurait été satisfait que sa mission de me mettre plus bas que terre soit un succès. Il avait voulu me détruire, il y était parvenu.

Une infirmière qui s'occupait souvent de moi me pris sous son aile. Lorsque je sortis de mon sommeil elle m'annonça de sa voix douce que mon mari n'allait pas tarder à revenir et qu'il était parti me chercher des affaires. Je fus prise de panique et les larmes montèrent automatiquement. Je lui répondis que je ne voulais surtout pas le voir, que ce n'était pas mon mari et que c'était sa faute si j'étais dans cet état. Elle me fit comprendre que malheureusement elle ne pourrait pas l'empêcher de revenir mais qu'elle pouvait passer de temps à autres dans la chambre si je le voulais pour s'assurer que tout allait bien, ce à quoi j'acquiesçai sans réserve. Cette enflure était le dernier personnage que je voulais voir dans l'état où j'étais. J'attendais des nouvelles de ma sœur, que j'avais appelé quelques jours plus tôt et qui avait compris que cela n'allait pas du tout. Elle m'avait promis qu'elle me rappellerait rapidement pour venir me rendre visite. C'était la seule personne à qui j'avais envie de parler, mais surtout pas Ted.

Et en effet, celui que je ne voulais pas voir arriva comme un prince. Sa seule vue me donnait des nausées. Il ferma la porte et s'approcha de moi avec son sourire prétentieux et son air suffisant. Détestable.

- Lisa ! Et alors, que s'est-il passé ? Tu m'as fait peur ! Il s'approcha et m'embrassa sur le front.

- Tu es la dernière personne que j'ai envie de voir Ted, vas-t-en ! dis-je péniblement de ma petite voix.

- Je ne te comprends pas là, on peut savoir quelle mouche t'a piqué ? demanda-t-il avec de l'agacement dans la voix.

- Tu as voulu me briser Ted, tu as fait de moi un fantôme, tu as volé, escroqué, humilié, tu t'es servi de moi ...

- Tu es sacrément secouée, me dit-il d'une voix plus douce et prenant place sur un siège qu'il positionna à côté de mon lit, puis me pris la main.

- Je t'emmerde Ted, et tu sais quoi, j'ai frôlé la mort, alors tu ferais mieux de partir, tu n'as plus aucune importance pour moi. C'est fini Ted...

- Tu crois que tu vas te débarrasser de moi si facilement pauvre petite connasse ? me chuchota-t-il sans s'apercevoir que ma protectrice avait commencé à ouvrir la porte pour s'assurer de mon bien être. Tu es finie Lisa, continua-t-il, tu n'as plus rien, et tu vas me manger dans la main à présent ! Quand je te dis que tu n'es rien sans moi, tu vas vraiment savoir de quoi je parle.

- Si je n'ai plus rien c'est ta faute Ted ! Tu as imité ma signature pour fermer mon livret, tu m'as tout volé, même mon corps...

- Cet argent me revient avec tout ce que j'ai payé pour toi ! Et encore, tes malheureux quinze mille euros me remboursent à peine pour ces années où nous avons vécu sous le même toit. Tu ne croyais quand même pas que j'allais t'entretenir tout ce temps sans que tu ne me sois un minimum redevable ? me lança-t-il en haussant le ton. Tu ne pourras jamais prouver quoi que ce soit, affirma-t-il.

La petite infirmière qui avait tout entendu, ferma la porte pour n'éveiller aucun soupçon, mais j'aperçus toujours sa tenue blanche dans l'entrebâillement de la porte. Elle tenait sa promesse de veiller à ce que rien ne m'arrive. Mais surtout enfin quelqu'un avait entendu ce salaud avouer lui-même le mal qu'il voulait faire. Et enfin j'avais un témoignage qui pourrait peser son petit poids. Car j'étais à présent fermement décidée à déposer plainte. J'avais tout perdu, je n'étais plus à ça près. Ted continuait à affirmer tout sourire qu'il allait me faire mordre la poussière et qu'il me pousserait jusqu'au suicide s'il le fallait. Il disait que je ne méritais que ça et que c'est moi qui le poussait à être comme il était à mon égard. Mais je n'en crus plus rien et me foutais de ce qu'il me disait. Sachant que l'infirmière écoutait tout derrière la porte, je le laissais déblatérer ses ignominies et je souriais. Pour la première fois depuis des lustres, ma bouche avait eu envie de sourire. Parce que je savais à présent que je n'étais plus seule et que je n'étais pas folle. Avant de quitter la pièce, il m'adressa un « C'est bien t'as raison, souris pendant que tu le peux encore, je te jure que tu n'as rien vu... N'oublie jamais que tu es à moi Lisa. Seulement à moi. Tu es MA chose... Toi et moi c'est loin d'être fini ».

En voulant franchir la porte, lorsqu'il tira la poignée, il tomba nez à nez avec la petite infirmière qui se contenta de le regarder avec insistance et méchanceté. Elle lui asséna un « On se verra très vite » si froid qu'il resta coi et tourna les talons sans demander son reste. Elle vint me rejoindre dans la chambre, je pleurais et souriais en même temps, je passais par toutes les émotions de la terre. J'étais soulagée mais effrayée, heureuse et terrifiée, triste et rassurée. Elle s'approcha de moi en me caressant la joue, et m'invita à pleurer tant que je le voulais, m'expliquant que je me sentirais mieux après. Elle m'expliqua que si je portais plainte contre Ted pour abus de confiance, abus de faiblesse, harcèlement moral et escroquerie, elle apporterait son témoignage afin de faire prouver que Ted avait imité ma signature pour cette fameuse procuration, qu'elle avait tout entendu de ce que Ted m'avait dit ce jour à mon chevet.

J'avais eu la chance d'avoir cette petite jeune femme à mes côtés et durant tout mon séjour à l'hôpital elle se débrouillait pour passer me voir chaque jour, même lors de ses jours de repos. Nous étions depuis ces jours, liées d'une amitié évidente et très forte.

# 27.

Edna notait toujours. Elle pointa du doigt la bienveillance de mon infirmière et désormais amie, Amélie. Elle conclut que dans mon cas, il avait fallu un déclic de ma part et le soutien d'une tierce personne pour m'en sortir, mais que tous les sujets de manipulateurs n'avaient pas ma chance.

- Racontez-moi comment s'est passé le procès ?

- Ce fut rapide à ma grande surprise, commençai-je. Amélie a mis le doigt sur le fait qu'elle avait entendu à l'hôpital certains propos laissant croire que Ted avait falsifié ma signature pour une procuration. Après examen il s'est avéré que lorsque je signe, je fais toujours un petit point sous le « S » de Koltès, mais que cette fois-ci il n'y était pas, et que de plus le « T » n'avait pas du tout la même forme que d'habitude. Le juge a conclu à un faux et usage de faux. Mon médecin traitant a pu apporter de nombreuses ordonnances démontrant que mes problèmes de santé étaient liés au stress. Et comme je ne travaillais plus sur la fin, il était impossible que je sois stressée par le travail, le médecin a réussi à prouver, je ne sais comment, que je vivais en compagnie d'un fou dangereux et que mon état de santé était lié à Ted.

- Et pour la voiture ? s'enquit Edna avec un grand sourire ?

- Le collègue fâché fut contacté à ma demande et a fini par avouer que Ted lui avait vendu pour trois francs six sous ma voiture à la seule fin de me nuire.

- J'admire la force que vous avez eu Lisa, tant de femmes et d'hommes vivant dans votre cas ne parviennent pas à s'en sortir par manque de confiance en eux ou par lassitude. Vous avez ouvert les yeux véritablement sur votre lit d'hôpital et avez réalisé que la vie ne devait pas s'arrêter juste parce qu'un conjoint en avait décidé ainsi. Votre instinct de survie a été bien plus fort et vous pouvez vous en féliciter. Juste comme ça, que s'est-il passé pour Ted ?

- Ted a écopé de sept ans de prison avec sursis, plus une obligation de se soigner, pour les motifs évoqués, avouai-je victorieuse. Il a interdiction de s'approcher à moins d’un kilomètre de mon appartement et a dû me payer l'équivalent de mon livret en dommages et intérêts, ce qui m'a permis de me racheter une petite voiture, souriais-je.

- Bravo c'est génial ! Et June, vous avez eu des nouvelles ?

- Oui, June est à présent la nouvelle compagne de Ted. Mon petit ami Raph et moi-même, après de nombreuses soirées à enquêter, plaisantai-je, avons réalisé que Ted entretenait une liaison avec June et que pour éviter de se faire pincer à nouveau, cette andouille lui avait donné un nom de code : « Rita ». J'ai tenté de prendre contact avec elle en lui expliquant que je m'inquiétais beaucoup étant donné le passé que j'avais eu avec Ted, mais elle n'a rien voulu savoir. Je lui ai écrit une lettre mais je suis sûre que c'est cet abruti qui l'a lue. Je lui ai même envoyé un texto après avoir retrouvé son numéro et la réponse dont j'ai dû me contenter était « Mêle toi de ce qui te regarde pétasse », du grand Ted ça ne fait aucun doute.

- Le problème, avança Edna en remettant ses lunettes sur le bout de son nez, c'est qu'il faut impérativement qu'elle ouvre les yeux par elle-même, comme dans votre cas. Les manipulateurs ont une si grande emprise que les avertissements des proches ne trouvent pas de réponse et n'ont aucun effet. Et petit à petit elle n'aura plus d'entourage.

- Je pense que c'est déjà fait et que c'est pour cette raison qu'elle a fait croire à tout le monde à un départ loin de là, dis-je en soupirant.

Edna m'offrit une cigarette et j'ouvris la fenêtre du

bureau pour la fumer à l'air libre. Je me retournai vers Edna en souriant, elle me rendit mon sourire. Je regardais la ville, les voitures, je regardais les gens s'agiter, les couples s'embrasser, et je songeais que la vie ne valait d'être vécue sans liberté. Je soupirais de satisfaction et de sérénité. Je réalisais que personne n'avait droit de priver qui que ce soit de cette liberté, même au nom de l'amour. Que tout était liberté : l'amour, l'amitié, le fait de bouger, de respirer, de rire, de sourire, de sauter, de danser...

Aujourd'hui je ne me sentais pas prête à ce que qui que ce soit remette de nouveau en cause ma liberté. J'étais trop heureuse ainsi, et j'avais trouvé un homme qui me faisait me sentir libre, et à mes yeux il n'existait pas de plus parfait amour. J'avais laissé la totalité de mes carnets de notes à Edna, je ne voulais plus d'eux dans mon appartement. Edna en aurait l'utilité pour son projet littéraire, pour ma part ils appartenaient à un vague souvenir dont je ne voulais plus me rappeler. Ils faisaient partie d'une vie que l'on m'avait imposée et je ne voulais plus entendre parler de cette vie que je n'avais pas choisie. Ceux qui regardent cela d'un œil extérieur me diraient que oui, je l'avais choisi et que je n'avais qu'à partir plus tôt. La vérité c'est que lorsque l'on vit avec un manipulateur, rien de ce que l'on fait ou dit n'est un choix. Du moins, au départ, vivre avec la personne peut en être un. Mais tout le reste fait partie d'un processus dans lequel le sujet ne pense plus par lui-même. Il agit en fonction de l'autre, sans même s'en rendre compte. Le manipulateur le façonne et commande le moindre de ses faits et gestes. Le sujet devient une marionnette, un pantin dont son bourreau tire les ficelles afin de le faire bouger comme il l'a décidé, afin de le faire sourire s'il l'a décidé, afin de le faire pleurer s'il l'a décidé. Le manipulateur sait à la perfection faire croire à son sujet d'avoir prononcé certaines paroles alors que ce n'est pas le cas, il sait lui faire croire d'avoir fait certaines choses dont il finira par ne même plus savoir s'il les a réellement faites ou pas tant le manipulateur a le pouvoir d'introduire le doute dans chacune de ses pensées, de jeter le trouble et la confusion dans son esprit, et par-dessus tout il saura jouer à la perfection avec ses sentiments.

Le manipulateur est un personnage avec lequel il n'est pas possible de s'épanouir et avec lequel la partie est perdue d'avance. Il m'aura fallu quelques années et beaucoup de souffrance avant de le comprendre. Et malgré le fait d'avoir caressé l'idée que mon compagnon changerait au fil du temps, j'ai fini par comprendre que ces personnes-là ne changent pas, elles font croire qu'elles feront des efforts mais il n'en sera jamais rien. En ce sens il n'y pas d'épanouissement possible puisque vivre avec un manipulateur revient à espérer sans cesse une amélioration qui ne viendra jamais. Et c'est une attente longue et très lourde, qui finit par épuiser, vider, puis détruire celui qui espère. Personne ne doit passer sa vie à attendre un changement qui n'arrivera jamais, ce n'est pas juste, ce n'est pas ça le couple, ce n'est pas ça l'amour.

On m'a toujours dit que le bonheur en amour se trouvait dans l'épanouissement que l'on parvient à donner à l'être aimé, si tant est qu'il parvient à nous renvoyer ce même épanouissement. L'amour doit être un partage. Un manipulateur ne partage pas, il s'approprie, mais ne rend pas.

On m'a toujours dit que l'amour vous élève et vous enrichit sur le plan émotionnel et spirituel. Un manipulateur ne provoquera pas en vous cet enrichissement puisque c'est ce dont il a besoin pour mener à bien votre destruction.

On m'a toujours dit qu'être heureux en amour relève de la capacité à donner sans attendre en retour. Un manipulateur ne vous donnera que peu voire pas du tout, en revanche il attendra toujours plus de votre part.

On m'a toujours dit qu'en amour les torts étaient partagés et les erreurs corrigées à deux. On se sent plus fort à deux c'est certain. Mais un manipulateur rejettera toujours la faute sur vos épaules et attendra bien souvent des excuses de votre part. Un manipulateur ne se sent jamais coupable.

Je me suis épuisée et rendue malade des années durant à attendre, à espérer secrètement que Ted ne change, aujourd'hui c'est une autre proie qu'il s'est accaparée. Une femme qui connaît le personnage qu'elle a en face d'elle puisqu'elle m'a vue si malheureuse avec lui. Mais, aveuglée et façonnée selon les attentes de son petit ami, il est évident qu'elle s'est retrouvée sans le savoir totalement prisonnière d'un être qu'elle croyait connaître, et elle seule a désormais entre les mains le pouvoir de s'en sortir.

Chacun a en lui la force de se sortir des griffes d'un manipulateur. Mais il est nécessaire d'avoir un déclic, de s'apercevoir de quelque chose ou d'avoir été choqué de l'attitude de l'autre au moins une fois. Un bon entourage peut aider mais ne sera malheureusement pas la solution. La solution est entre les mains du sujet. Une histoire avec ce genre de personnage est harassante, compliquée, incompréhensible pour le cercle familial ou amical qui à long terme finira par abandonner le sujet dans une histoire qu'il ne veut pas quitter, par amour pour son bourreau. La terrible vie de couple avec un manipulateur est un long et douloureux tunnel dans lequel on croit souvent s'être égaré. Mais la vérité, c'est que pour chaque prisonnier de ce tunnel il existe une sortie. Une sortie qui mène à de vraies promesses de belles aventures. Au bout du tunnel se trouve un nouveau rendez-vous avec soi-même. Au bout du tunnel se trouve la liberté, la délivrance et l'épanouissement personnel. Au bout du tunnel se trouve, de façon évidente, le bonheur. J'en suis la preuve. Je suis heureuse comme jamais je ne l'ai été auparavant. Je suis épanouie car je suis loin de lui.

À moi aussi, il me disait qu'il m'aimait...

32286946R00155

Printed in Poland
by Amazon Fulfillment
Poland Sp. z o.o., Wrocław